RUE
VAN SWAE

Giovanna DI MASCIO

RUE VAN SWAE

Loi n°49-956 du 16 juillet 1949 sur les publications destinées à la jeunesse, modifiée par la loi n°2011-525 du 17 mai 2011.

En application de l'art. L.137-2.-I. du code de la propriété intellectuelle, toute reproduction et/ou divulgation de parties de l'oeuvre dépassant le volume prévu par la loi est expressément interdite.

© 2024 Giovanna DI MASCIO

Édition : BoD • Books on Demand GmbH, In de Tarpen 42, 22848 Norderstedt (Allemagne)
Impression : Libri Plureos GmbH, Friedensallee 273, 22763 Hamburg (Allemagne)

ISBN : 978-2-3225-2252-1
Dépôt légal : Août 2024

A mon oncle

*A mes sœurs, à leur présence constante,
indispensable et si précieuse*

Table des matières

Premiers pas en Belgique … 9
    Bruxelles … 11
    Tombe la neige … 19
    Oncle Adamo et tante Ghislaine … 23

La rue Van Swae … 31
    Rue Van Swae … 33
    Mariette … 39
    Une histoire qui ressemble à la sienne … 43
    Un air de comptoir … 51
    Nathalie … 55
    Le coup du lapin … 59
    Bella … 63
    Rue Pannenhuis … 65

L'appartement … 71
    Une vie à deux … 73
    Des livres, encore des livres … 77
    Quelques fleurs sur les murs … 81
    Et des tableaux … 85
    Un bien beau diplôme … 89
    Tristesse … 95
    Seuls les pantalons rallongent … 101
    Allers retours … 105

La vente … 109
    Comme un état des lieux … 111
    Le roi casqué … 119
    Et Rodin … 125
    Le vide maison … 127
    La femme du diplomate … 131
    Petit Boy … 137
    Et nous qui pensions … … 141
    L'inondation … 145
    La vente … 151

Epilogue … 157
    Un jour j'irai à Knocke … 158

« L'amour est un trésor de souvenirs »
Honoré de Balzac

« On n'oublie rien de rien, on s'habitue, c'est tout. »
Jacques Brel

PREMIERS PAS EN BELGIQUE

BRUXELLES

Les policiers belges ont téléphoné ce trente décembre. Ils nous ont dit qu'ils avaient trouvé le corps de mon oncle. Dans son lit. Ils ont été alertés par des amis qui ne l'avaient pas vu au rendez-vous fixé la veille. Plus précisément, c'est ma sœur aînée qu'ils ont appelée. C'est à elle qu'on donne chaque fois les mauvaises nouvelles.

C'est dur d'être la plus grande.

Vingt ans plus tôt, c'est elle que la clinique a appelée pour annoncer que notre père allait bientôt partir. Moi je n'ai pas pu y croire. La mort de mon père était inenvisageable, inconcevable. C'est le premier grand deuil. Ma chair a été touchée à vif. Oui il y avait eu des décès auparavant, mais celui-là, c'est comme si une partie de moi avait été amputée.

C'est elle aussi qui était là quand notre mère s'en est allée dans la nuit, neuf ans plus tard. Autre amputation. Cataclysme. Elle m'a appelée avec le plus de tendresse possible pour adoucir le choc. Elle était restée dormir chez elle la nuit, et maman a dû être rassurée de ne pas être seule pour commencer son grand voyage.

C'est à elle que la police a téléphoné ce soir-là C'est elle l'aînée.

Oncle Adamo n'a pas d'enfants. Le numéro de ma sœur était posé là, sur la table. C'est à nous de gérer, à nous d'y aller.

La Belgique ne nous a pas accueillis.
Journées froides, début janvier. Aux abords de la gare du midi, les SDF tentent de se réchauffer comme ils peuvent. Des matelas sont alignés, par terre, sous le tunnel qui jouxte la gare. Première image, glaçante, de Bruxelles, de tous ces êtres malmenés par la vie. Chaque fois je ne peux m'empêcher de me demander pourquoi, quelles sont les raisons qui les ont fait basculer, comment ils vivent cette errance, quel sens tout ça a de continuer. Mais je n'ai pas le temps de m'attarder sur mes réflexions. Nous allons poser nos bagages à l'hôtel, et aller chez notre Oncle. Mon beau-frère et mon neveu sont avec nous, ça réchauffe le cœur.

Il fait froid, humide. Le Covid s'est invité à ce bref séjour. Les boutiques et de nombreux restaurants sont fermés, même les transports en commun n'affichent pas complet, pandémie ou lendemains de fête…

Ici, à Bruxelles, devant ce commissariat, dans cette humidité qui pénètre nos êtres, on se retrouve comme trois gamines paumées auxquelles on va remettre les clés d'une réalité à laquelle elles ne s'attendaient pas. La porte de l'appartement a été fracturée par les secours, les clés sont là, dans ce bâtiment imposant et froid.

Les clés de notre Oncle Adamo sont peu nombreuses, mais si lourdes. Trouver l'adresse, « ce n'est pas loin, on ira à pied », chacun cherche le GPS sur son portable. Les estomacs se serrent, les mots se font de plus en plus rares.

C'est là.

L'appréhension nous saisit. Nos regards se croisent, nous pénétrons silencieusement dans l'appartement. Nous ne sommes pas chez nous, nous nous sentons comme des étrangères dont le devoir est de prendre possession des lieux et de l'intimité de notre oncle.

Un premier tour dans l'appartement. Il fait froid, l'humidité nous surprend. On se demande comment notre oncle se chauffait… Bon, l'appartement, plus tard, là, il faut organiser les funérailles.

Oncle Adamo nous l'avait dit, tout est prévu pour les obsèques. Pour sa dernière tenue, il ne nous a rien dit. Trouver des vêtements. Penser qu'il est enveloppé, là-bas aux pompes funèbres, dans une « blouse » qui ne lui appartient pas est insupportable.

- Comment on l'habille ?

Des dizaines de costumes confectionnés par Tante Ghislaine, dans des housses de protection, sont alignés dans l'armoire...

- Plutôt noir, marron, bleu ?
- Waouh, toutes ces cravates !

La tristesse laisse place à la surprise.

- Et ces chemises...
- Bon on va le faire tout beau pour qu'il aille rejoindre sa douce.
- On lui met des chaussettes ?
- Regarde dans le placard, je crois qu'il y en a...
- Heu...
- Mais non !
- Mais si !

Quelques sourires devant cette quantité de chaussettes, propres, neuves, encore emballées.

Ce sera ainsi pour tout.

On est perdues, penser à tout, ne rien oublier, parce qu'on habite bien trop loin pour revenir souvent. Réparer la porte d'entrée fracturée par les pompiers pour entrer, et puis, trouver un notaire. Il faut bien y penser. Un trois janvier, à Bruxelles, pendant le Covid… fouiller les papiers de notre oncle pour ça… Quelle épreuve ! Se dire qu'on est obligées, que de toutes façons il faudra bien le faire. Qui d'autre ?

Par où commencer….

Quand on a vidé l'appartement de papa et maman, quelques années auparavant, ici, en France, près de chez nous, on l'a fait, avec amour. Le moindre papier a été lu et relu, le moindre objet a été caressé, sauvé, nous avons humé leurs vêtements pour retrouver ces odeurs qui avaient bercé nos vies, nous avons versé des larmes et ri aux souvenirs qui venaient adoucir ces terribles moments, ou qui les rendaient plus difficiles encore. Nous étions trois, trois sœurs, trois sœurs blessées, anéanties, et proches, tellement proches, et chacune, et toutes, soutenues par les familles des unes et des autres. La douleur, le chagrin, étaient enveloppés dans une bulle bienveillante qui s'était formée autour de l'appartement de nos parents.

Bruxelles, c'est différent. Oui, il y a la tristesse, oui, nous sommes ensemble, mais écrasées par ces responsabilités, par le temps qui nous manque, par une organisation qui nous perd, par ces souvenirs qui envahissent l'appartement et ne nous appartiennent pas. Et puis, cette mort si soudaine, inattendue... Jamais nous n'avions pensé que ce serait à nous de tout gérer.

Pleurer Oncle Adamo ? Pas le temps. Pas tout de suite. Pourtant, on l'aimait tant.

Nous nous trouvons une fois de plus plongées dans le monde des aînées. Celles qui doivent prendre des décisions, organiser. Celles qui n'ont plus, au-dessus d'elles, d'autres aînés pour leur indiquer le chemin. Ne rien oublier. Vêtements, pompes funèbres, fleurs, parution journal, la voisine, Simone, peut-elle aussi, avertir d'autres personnes... de sa vie nous connaissons si peu de choses.

Simone nous a suggéré de lui mettre un chapeau « Il ne sortait jamais sans, vous savez, je crois qu'il aurait voulu ».

Nous choisissons celui qui est sur le vestiaire à l'entrée, c'est probablement le dernier qu'il aimait porter.

L'appartement d'oncle Adamo est si froid. Une pudeur nous empêche de toucher quelque objet que ce soit. Par curiosité, l'un de nous ouvre le frigo. Il déborde de nourriture. Une sauce tomate est prête dans une casserole. Notre oncle avait pour habitude de préparer sa sauce tomate pour deux ou trois jours, et de la conserver au frais. Une tomme de fromage, encore emballée, des fruits, des légumes, son fromage pour ses fameuses tartines du matin. De quoi passer les fêtes dans l'abondance, mais toujours dans la simplicité. Nous ne pouvons pas toucher à cette nourriture qui semble pourtant nous attendre. Ce dernier repas que notre oncle pourrait nous offrir, nous ne parvenons pas à l'accepter. A peine osons-nous regarder une liste de contacts téléphoniques posés sur la table. Quelques prénoms nous sont connus, il nous faut annoncer la triste nouvelle.

Un dictionnaire de médecine est posé là. Il est ouvert à la lettre C, comme cœur. Oncle Adamo n'a pas pris la peine de remettre la chaise correctement, elle est un peu de biais contrairement aux autres. Cela ne lui ressemble pas.

Pourquoi n'a-t-il pas appelé les secours, lui qui a senti sa poitrine se serrer dans la journée ? Pour ne pas déranger sans doute. Il y a quelques temps, il avait pris le tram pour se rendre à l'hôpital pour une opération, à l'aller et au retour. Oncle Adamo ne demandait rien, à personne, jamais.

Oncle Adamo, comme c'est étrange de s'emparer de cet univers qui est le tien...

TOMBE LA NEIGE...

En ce petit matin de janvier, des personnes se pressent devant l'église aux briques rouges de la place de la gare à Jette.

De la famille d'oncle Adamo nous ne sommes que cinq. Mes deux sœurs, mon beau-frère, mon neveu et moi-même.

Nous nous apprêtons à rendre un dernier hommage à notre oncle, à lui adresser un dernier au revoir. Aucun d'entre nous n'est en mesure de dire s'il y aura du monde ou pas.

Nous connaissons si peu sa vie, ici.

Petit à petit l'église se remplit. Un homme des pompes funèbres nous explique comment va se dérouler la cérémonie. Attendre que tous soient rentrés.

Nous regardons ces visages tristes. Tous ces gens que nous ne connaissons pas. Qui sont-ils ? Sans doute beaucoup sont de la famille de Tante Ghislaine, l'épouse de notre oncle, mais lesquels ? Parfois certains viennent se présenter. Il y a ses amis du boulodrome, certainement les derniers à l'avoir vu. Ce sont eux qui ont téléphoné aux pompiers. C'est grâce à eux que le corps de notre oncle a été découvert au bout de quelques heures seulement. Ils sont inconsolables. Tous parlent de sa gentillesse. A travers leurs mots, j'entends mon oncle me raconter le boulodrome.

C'est bien de mettre des visages sur des personnes dont je connais l'existence, mais dont j'ignorais jusqu'au prénom.

Nous pénétrons dans l'église à la suite du cercueil, comme voulu par le monsieur guide des pompes funèbres, sous le regard de tous, tristes, mais heureuses et fières à la fois, de pouvoir offrir ce dernier cadeau, ce dernier hommage à notre oncle. Il est tellement important pour nous d'être là pour lui. Il aurait été heureux aussi sans doute de nous savoir ici, présentes. Les larmes abondent sur mon visage, sur celui de mes sœurs, mon beau-frère et mon neveu sans doute aussi, mais je ne les vois pas. Je m'enferme dans ma bulle de chagrin.

La crèche de Noël est encore sur l'autel. C'est une crèche imposante. Marie, de taille presque humaine, semble attendre mon oncle, sereinement. Une poésie et une communion se sont installées dans ce lieu quelque peu austère et froid. Jusqu'à ce que l'orgue résonne.

Les fausses notes qui s'échappent de ces grands tubes et la voix qui entonne les chants religieux que je ne reconnais pas, tant ils sont mal chantés, sont autant de sons qui viennent distraire ce moment solennel. Regards furtifs avec mes sœurs, mais pas trop, par peur de nos propres réactions.

Une dernière blague d'Oncle Adamo, sans doute, un ultime clin d'œil.

ONCLE ADAMO ET TANTE GHISLAINE

Cette église, c'est celle dans laquelle nous étions pour tante Ghislaine.

- Mon épouse est décédée, les funérailles auront lieu le quatorze Juillet.
- Mon épouse est décédée, les funérailles auront lieu le quatorze Juillet.
- Mon épouse est décédée, les funérailles auront lieu le quatorze Juillet.

Cette phrase semble avoir été apprise par cœur, répétée, encore et encore pour mieux intégrer la violence de la réalité.

Il s'est entraîné à la dire, c'est certain, pour s'en convaincre. Il essaie d'y mettre le moins d'émotion, le plus de distance possible, pour ne pas fondre en sanglots.
Mon épouse est décédée, pas votre tante, ni votre sœur, ni votre cousine, ni même Ghislaine.

Oncle Adamo a pris son téléphone, il a appelé toutes les personnes qu'il connaissait : les frères et sœurs encore en vie de Tante Ghislaine, le nombre infini des neveux de Tante Ghislaine, tous les voisins qu'il apprécie, et il y en a, et pour finir, sa famille à lui, plus réduite, si réduite, que les seuls touchés se comptent sur les doigts de la main.

Oncle Adamo est tellement préoccupé par l'organisation, par le dernier hommage à Tante Ghislaine, qu'il veut beau et digne, qu'il a du mal laisser paraître sa tristesse et à nous laisser exprimer la nôtre. Sans doute a-t-il peur de ne pas parvenir au bout de cette mission qu'il s'est fixée.

Oncle Adamo et Tante Ghislaine... Les inséparables.

C'est ainsi que certaines personnes se plaisent à les nommer dans le quartier.

Elle a été détective privée, couturière, elle a un fort caractère comme disent les belges et elle aime les pommes granny. Elle force le respect, c'est une femme de tête, on ne la contrarie pas, elle est droite, honnête, franche, drôle aussi. Lui est discret, prévenant, droit, et a un humour très fin. Tous les deux, ils se sont construits leur petite vie tranquille, mais riche d'amour, d'amitiés, de connaissances, de voyages. Oncle Adamo et Tante Ghislaine sont toujours sortis avec un chapeau sur la tête et main dans la main. Ils auraient pu être les héros d'une bande dessinée, autant physiquement que de par leurs caractères ! Ils sont tout l'un pour l'autre.

Deux inséparables, êtres colorés, gais, partageant les mêmes passions. Tout le monde appréhende le jour où l'un ou l'autre s'en ira. Tout le monde pense que l'autre n'y survivra pas.
Mais voilà, un jour, ce jour arrive. Tante Ghislaine est malade, de plus en plus. Ils restent soudés, combattent la maladie ensemble, mais Tante Ghislaine a quatre-vingt-dix ans, et la maladie l'emporte.

Il faut que nous allions soutenir Oncle Adamo, c'est une évidence pour nous. Nous voilà partis à six en voiture, pour la Belgique.

Nous tenons vraiment à l'accompagner, ils étaient là pour papa et maman, et donc pour nous. C'est depuis la maladie de Tante Ghislaine que nous nous sommes rapprochés, que nous avons appris à nous connaître, à nous apprécier, à nous reconnaître.
On gagne tellement en empathie quand on sait ce que c'est que de perdre quelqu'un qu'on aime.

Nous voilà arrivés à Bruxelles, nous sommes accueillis par Oncle Adamo. Il est heureux et ému de nous voir, nous aussi. Il a perdu sa moitié et ici ce terme de moitié prend tout son sens, nous sommes inquiets pour lui, il nous est reconnaissant d'être là. On le sent.

Il nous emmène voir Tante Ghislaine en chambre funéraire. Il a choisi une des robes qu'elle préférait, il sanglote, parfois même sans larmes, il est effondré et essaie de se retenir. Tante Ghislaine est telle qu'elle a toujours été, même dans son cercueil, apaisée, digne, un petit sourire essaie de se dessiner sur ses lèvres. Oncle Adamo a bien fait les choses.

Dernier adieu douloureux à tante Ghislaine et nous allons chez eux. Ils logent dans une petite maison de ville au deuxième étage, je pense que la maison leur appartient, mais je n'en suis pas sûre, en tout cas l'appartement est à eux.

Ça sent bon la sauce tomate, mais avant de nous mettre à table, il nous fait visiter. Le logement est grand mais tellement rempli !!! Il y a de beaux meubles en marqueterie, des tableaux offerts par une « générale » russe déchue, pour remercier Tante Ghislaine de lui avoir confectionné ses robes, un matériel de couture accumulé depuis de nombreuses années, il ne manque rien, pas une couleur, pas un bouton, les styles se confondent, une quantité impressionnante de livres. Curieuse, je regarde : comment se soigner par les plantes, manuel d'herboristerie, les bienfaits des tisanes, les territoires du monde, géographie, histoire... Oncle Adamo ouvre une penderie. Il y a des vêtements de femme.

- Servez-vous, prenez un souvenir.

Je prends un chemisier noir et blanc aux imprimés graphiques que Tante Ghislaine a cousu, je l'ai mis le Noël suivant et j'ai envoyé une photo à Oncle Adamo. Je crois que ça lui a fait plaisir. Il donne aussi à chacun d'entre nous un chapeau.

Les circonstances sont tristes mais c'est tellement doux de se retrouver, autour de cette table, dans leur monde, les pâtes sont excellentes, le vin est fort, nous enivre, merci à vous deux d'être et d'avoir été !

Le lendemain est le jour des obsèques. L'église est pleine, archi pleine, et la tristesse, sur les visages, sincère. Oncle Adamo ne nous a pas lâchés de la cérémonie. Il nous a voulu près de lui, au premier rang, pendant la messe, à sa table, dans l'immense salle du restaurant retenue pour l'occasion.

On a pensé : « Chez nous, on ne fait pas comme ça ». Les tables sont alignées en U, avec d'autres plus petits U à l'intérieur, tant il y a de personnes.

Oncle Adamo a dit :

- Ils vont apporter les pistolets et les mitraillettes.

Le spectre d'Al Pacino s'est dessiné devant mes yeux médusés avant de voir arriver une série de sandwichs, ainsi nommés.

S'en est suivie une valse de pistolets, tartines, et autres victuailles, et des boissons à volonté, certains prenant des cafés, cafés au lait, thé, d'autres, peut-être allergiques à la caféine, ou juste belges, ont préféré la bière.

Et puis, au bout de quelques heures de retrouvailles autour de souvenirs, de présentations, de nouvelles amitiés, la salle s'est vidée.

Tout au long de ce déjeuner, Oncle Adamo a pris son rôle d'hôte très au sérieux, s'est levé, poliment, consciencieusement nous a présentés, nous ses nièces et nos familles, à chacun, précisant chaque fois, qui nous étions, d'où nous venions, heureux d'avoir auprès de lui, six membres fidèles de cette famille qui se réduit en peau de chagrin.

L'après-midi s'est terminée après plusieurs pintes de bières, dans un café, sur une petite place qui se préparait à la fête du soir. Au milieu des répétitions, des cris d'enfants, nous avons repensé à Tante Ghislaine, nous avons ri parce que la chaussure de Madeleine, sa sœur, avait perdu sa semelle. Oncle Adamo est allé au tabac acheter de la colle et l'a réparée. Pendant que la colle prenait – et ce fût long ! - nous avons eu droit, par les beaux-frères d'Oncle Adamo, à une description des différentes bières avant de les goûter. Un peu éméchés, nous avons fini la soirée sur la Grand-Place, et, plus loin, avons contemplé, admiratifs, le Manneken-Pis.

Nous avons inscrit nos numéros de téléphone sur un petit papier à l'entrée de l'appartement. Nous avons réalisé à ce moment-là que personne d'autre ne les avait. Qui donc nous avertirait quand viendrait le jour où Oncle Adamo partirait ?

Nous n'avons pas pu offrir à notre Oncle ce même moment de communion lorsqu'il s'en est allé, covid oblige, mais tout comme lors de obsèques de Tante Ghislaine, nous sommes allés dans le seul café ouvert, sur la place de Jette. Y étaient installés quelques membres de la famille de Tante Ghislaine, d'autres sœurs à elle que nous ne connaissions pas. Nous nous sommes retrouvés, là, par hasard, nous sommes pris dans les bras, et avons épongé notre chagrin dans des frites et de la bière.

Ce jour-là le soleil ne brillait pas, les bruits de pas des rares passants, dehors, semblaient absorbés par la brume, pas de répétitions pour la fête de la soirée, seule la télé lançait quelques clips démodés, et nous, dans ce bar, une poignée de personnes, certaines flamandes, d'autres françaises… Nous nous comprenions à peine, quelques mots dans une langue ou l'autre, beaucoup de mimes, mais si bien, si reconnaissantes de nous sentir mutuellement soutenues.

Le temps d'un bref moment, les larmes ont laissé la place aux sourires, une éphémère légèreté a remplacé la lourde tâche qui nous attendait.

LA RUE VAN SWAE

LA RUE VAN SWAE

Tous les amis d'Oncle Adamo sont venus pour l'accompagner, tous ses amis et parmi eux les habitants de la rue Van Swae. Les anecdotes, les vécus communs se succèdent Une autre personne prend forme, que nous ne connaissions pas vraiment, mais si attachante, Damo.

La rue Van Swae est la rue où habite, ou plutôt, où habitait mon oncle. Le prénom de mon oncle c'est Adamo, mais, là-bas, en Belgique, beaucoup mangent la première syllabe du prénom. Donc, Adamo est devenu Damo. Enfin, pas sur tous les prénoms. Certains restent entiers. Mais lui, là-bas, c'est Damo.

Damo est veuf. Sa femme, ma Tante Ghislaine, ou Ilaine, est partie pour le long voyage dont on ne revient pas, il y a six ans. Damo a mis beaucoup de temps à s'en remettre. Il ne s'en est jamais vraiment remis d'ailleurs et sa voix tremblote dès qu'on évoque Ilaine. Mais, quand il a recommencé à prendre un peu de plaisir à vivre, à l'aube de ses quatre-vingt-dix ans, je devrais dire de ses nonante ans, il est mort, lui aussi.

Nous, on est tristes. Enfin, nous, ici. Parce que on était très proches de lui, ce qui n'était pas le cas de toute sa famille, mais ça, on s'en fiche, parce que, ceux qui comptent c'est nous. Alors, voilà, nous, on est tristes.

Ses voisins d'en face sont tristes, oui, oui, ils étaient proches, même très proches. Avec Simone, ils buvaient le café ensemble, tous les lundis, histoire de souhaiter la bienvenue aux six prochains jours, avant le lundi suivant.

La voisine de l'étage du dessous est triste, il faut dire qu'il est parti à une semaine d'intervalle du décès de sa maman, à la voisine du dessous. Mais elle aimait beaucoup Damo, même si parfois elle préférait ne pas le croiser dans l'escalier. Eh bien oui, quand elle le rencontrait, elle était obligée de monter au deuxième, d'avaler la totalité du café de la cafetière italienne six tasses, que Damo avait préparée généreusement pour elle et qu'il prenait un grand plaisir à la regarder boire, en l'invitant à manger le paquet de biscuits secs ouverts pour l'occasion, à finir impérativement.

Impossible de dire non à Damo, alors, dans l'escalier, elle l'évitait, elle préférait le voir au dehors.

Son nouveau groupe de pétanqueurs est triste. Durant des heures, des après-midis, des jours, des semaines, des mois, Damo, jeune veuf, les a regardé jouer. Jeune veuf, parce que, avant, pendant soixante ans, avec son épouse, ils étaient inséparables et ne s'intéressaient pas à la pétanque. Donc, durant des heures, des après-midis, des jours, des mois, Damo a regardé un groupe de pétanqueurs lancer des boules sur des terrains de quelques mètres de long sur bien moins de large. Au boulodrome, en extérieur, même si ce n'est pas adapté, tellement il pleut là-bas.

Et puis, petit à petit, ils se sont tous parlé, ils l'ont invité à jouer. Comme à son habitude, Damo est tout d'abord allé acheter des boules (oui il ne veut jamais être une gêne pour les autres et préfère ne pas emprunter les leurs) et une fois les boules en main, il est allé s'essayer à tirer, pointer, viser le cochonnet, avec ses boules un peu rouillées, achetées aux puces.
Damo aime les puces.

La femme du diplomate est triste. Elle habite la rue de Damo. Elle le trouve gentil, lui aussi, c'est réciproque. Ils échangent beaucoup. En italien. Elle veut apprendre cette langue, qu'elle trouve si belle et qui la fait rêver. Lui, il adore faire plaisir. Alors, dès qu'ils peuvent, ils échangent en italien.

Marcus, le petit gars, au bout de la rue, est triste. Oui, il est handicapé, et Damo lui parle comme s'il ne l'était pas, juste comme à un jeune, d'une quinzaine d'années. Damo l'appelle Petit Boy. Il apprend à travailler dans un bar associatif, à quelques kilomètres de là, alors, Damo, toutes les semaines, le mercredi, se rend dans ce bar, pour lui. Il y va en train. Il prend toujours le même train, à la même heure, qu'il pleuve, qu'il vente, qu'il neige. Et quand il fait beau aussi, c'est plus rare. Et Marcus est content. Très content. Il adore Damo.

Mariette est triste. Pourtant, elle est restée dans les souvenirs d'il y a quarante ans. Elle perd la tête, pas toujours, parfois elle la retrouve. Elle en rit.

- Alors Damo, moi je perds la tête, mais toi tu y as vissé ton chapeau pour ne pas la perdre !

Oui, parce que Damo, tout le monde l'appelle le petit homme au chapeau.

La notaire est triste. Elle est en vacances ce trois janvier, nous parlons à son assistant. Mais dès qu'elle sait, elle nous rappelle. Nous évoquons Oncle Adamo et Tante Ghislaine. Elle se souvient parfaitement d'eux, de leur appartement. Ils étaient amis avec ses grands-parents, des flamands, comme Tante Ghislaine. Ils ont tous fait partie d'une association qui regroupait les Flamands de Bruxelles. A de nombreuses reprises elle les a rencontrés. C'est elle qui a géré la succession de Tante Ghislaine. Oui, elle aussi est triste.

Comme c'est bon de voir à quel point Oncle Adamo est aimé et apprécié. Un sentiment de fierté flotte dans l'air et vient réchauffer cet appartement.

MARIETTE

Avec Mariette et le groupe d'Italiens du Frioul, Damo est souvent parti en vacances, enfin, après la mort d'Ilaine, parce que la vie était devenue si difficile sans elle. Il fallait faire quelque chose pour combler ce manque, même si ce vide ne peut que vous envahir. A jamais, pour Damo.

Mais aujourd'hui, tout ce temps, pour lui, lourd, omniprésent, inutile, vain... qu'en faire ?

Alors, lorsqu'il a appris qu'il existait une association, ou plutôt un petit groupe d'italiens qui organisait un voyage par an à l'étranger, Damo s'est présenté à lui, sans réfléchir, sans hésiter. Combler ce vide, tuer ce temps. C'est dur de réorganiser sa vie, surtout quand elle a été le prolongement de la main de l'autre pendant tant d'années. Tout à coup elle est vide et inutile cette main, elle cherche, une peau, une chevelure, une joue, une autre main. Elle se perd dans l'espace si familier. Plus rien à quoi se rattacher, se rattraper. Elle devient si... rien.

Mariette fait partie de ce groupe. Elle habite légèrement plus bas. Rue Eugène de Smet. Il l'a déjà vue au marché, le dimanche, au marché de Jette, mais ils ne se sont jamais parlé. S'il fallait parler à tous ceux qu'on croise ! Il faut dire que ce marché est immense, il envahit la place, les rues, les ruelles adjacentes et parfume l'atmosphère de ses effluves d'épices ou de poulet grillé.

Damo a souvent croisé Mariette au stand des olives. Damo s'y arrête régulièrement pour goûter celles qui sont présentées dans des petites coupelles ; son plaisir, c'est de les savourer, et il arrive que parfois il en achète.
Mariette, elle, commence par en acheter, et gourmande comme elle est, pendant que le vendeur prépare sa commande, se régale de celles qui sont offertes pour la dégustation.

Le jour où Damo est venu pour se présenter au groupe, lors d'une réunion de préparation, il a reconnu Mariette, et Mariette a reconnu Damo. Alors elle s'est approchée de lui et lui a tendu un verre de vin italien, un petit bol d'olives, et a accompagné le tout d'un clin d'œil complice. Damo ne pouvait espérer plus chaleureux accueil.

Et les conversations sont allées bon train autour du prochain voyage. Damo a même osé prendre la parole, et donner son avis sur la destination. Oui, pourquoi pas Avignon, après tout, si les papes ont choisi d'y vivre, à une époque, ça ne doit pas être si mal ! Mariette, elle, n'a pas arrêté de plaisanter, ses jeux de mots et anecdotes ont ponctué la soirée et mis du baume au cœur à tous les participants. Parfois, elle oublie ou ne trouve plus ce qu'elle voulait dire, elle en rit volontiers « Oh, je crois que je n'ai plus les frites dans le même sachet ! »

Ah Mariette !
Damo l'a raccompagnée jusqu'à sa porte, car il faisait déjà nuit lorsque la réunion s'est terminée. Damo est toujours très prévenant.

Damo a revu Mariette tous les dimanches au marché. Chaque fois, devant les olives appétissantes du marché. Mariette, qui oublie souvent un mot, ou se trompe de prénom, clôt leur rencontre en disant :

- Alors Damo, moi je perds la tête, mais toi tu y as vissé ton chapeau pour la garder !

Et son éclat de rire retentit dans la tête de Damo pendant de longues minutes, illuminant ces moments, brefs, mais si importants.

Et puis un jour, plus rien. Il a demandé au club des italiens du Frioul si quelqu'un savait pourquoi Mariette ne venait plus. Mais personne n'était au courant. Il n'a pas osé aller sonner à sa porte.

Un matin, il est passé devant l'église. C'était un mardi. Il l'a vue, qui sortait, séchant ses larmes, le dos voûté. Il a écouté discrètement les conversations.

- Quelle tristesse, perdre un enfant de cet âge !
- Oui... et dans de telles circonstances...
- Le retrouver ainsi, une aiguille dans le bras.
- Pauvre Mariette, elle aura tout essayé pour le sauver !
- Elle est allée jusqu'à ne plus sortir de chez elle pour l'aider, elle a veillé sur lui jour et nuit !
- Et nuit et jour !
- Mais comment il a fait pour en avoir ?
- Ah ça, on ne le saura jamais !

Damo s'est éloigné des voisines, il en a suffisamment entendu. Il sait maintenant pourquoi il ne voyait plus Mariette, et pourquoi sans doute la douleur lui faisait perdre la tête ! Se perdre pour ne pas avoir à voir...

Damo sait qu'il faudra du temps à Mariette pour revenir au club, ce jour-là, il lui offrira des olives, celles qu'elle préfère.

UNE HISTOIRE QUI RESSEMBLE A LA SIENNE

Damo a toujours été très gentil avec ses voisins. Quand il a vu Madame Jansens pleurer, se frotter les yeux ce matin-là, il n'a pas osé s'approcher tout de suite. Il a continué son chemin. Et puis, ce même chemin, il l'a rebroussé, comme on dit. Il a pris un mouchoir propre dans sa poche, Damo a toujours un mouchoir propre dans sa poche -on a trouvé dans chaque poche de costume, ou de pantalon, dans sa penderie, un mouchoir propre, certains plus beaux, car délicatement brodés- et le lui a tendu :

- Vous avez vu Madame Jansens, tout ce vent aujourd'hui, mais ça va passer, la pluie arrive, et après la pluie le beau temps...

Madame Jansens a souri et a pris le mouchoir, puis a croisé le regard de Damo et a éclaté en sanglots.

- Ça y est, il pleut, a dit Damo, pour tenter d'arracher un sourire à Madame Jansens.

Et elle a souri.

Il a pris les sacs de Madame Jansens, ceux qu'elle avait posés par terre pour mieux se moucher, et l'a raccompagnée jusque chez elle. La maison de Madame Jansens est propre et belle. Elle vit sur le même palier que sa cousine Eve. Chaque fois qu'elle arrive à l'étage, elle marque un temps d'arrêt et fixe la porte d'entrée de l'appartement de sa cousine. Cette porte, qui reste fermée, depuis plusieurs semaines. Un jour, elle s'ouvrira à nouveau, d'autres personnes fouleront le sol du palier, feront grincer les premières lames du parquet de l'entrée. Peut-être que des cris et des rires d'enfants résonneront, comme autrefois, il y a si longtemps, quand Eve gardait des enfants.

Mais pour l'instant, c'est un silence pesant qui l'accueille. Eve est morte. C'est triste. C'est ainsi. Eve n'avait pas d'enfants, plus d'époux, alors, Madame Jansens s'est occupée de tout, des funérailles, de tout… elle était en vacances à ce moment-là, en Allemagne. Et la police l'a appelée. Un soir. Un soir, qui aurait dû être un soir de fête. Elle a levé son verre, non, pas à cette belle soirée, mais à cette belle âme qui s'en allait rejoindre les siens. Elle a levé son verre à cette femme magnifique,

Eve, dont elle n'avait jamais été aussi proche que ses dernières années.

Eve se remettait mal du décès de son époux. Oui, elles habitaient sur le même palier, mais auparavant, elles se voyaient peu, échangeaient peu, le travail, les occupations tellement différentes, club de scrabble, philatélie pour la première, longues heures de marche, association « les fées du tricot » bénévolat à « l'armée du salut » ou aux « petits riens », pour la seconde. Savoir qu'elles seraient toujours là l'une pour l'autre, comme un accord tacite, les rassuraient. Elles partageaient leur nom de famille, et ceci leur suffisait pour se sentir liées.

Et puis le drame dans la vie d'Eve, quelques années auparavant, les avait vraiment rapprochées. Elles n'étaient pas collées l'une à l'autre, non certainement pas, mais Madame Jansens passait voir sa cousine régulièrement, surtout lorsqu'elle rentrait de Cologne, où habitaient ses filles. Eve, elle, n'avait pas d'enfants. Elle avait un cousin, qui n'était plus, mais qui avait une progéniture qu'elle voyait peu, et qui pour ainsi dire était quasi inexistante. Elle avait essayé de garder le lien, mais aucun des deux enfants de son cousin n'avait jamais répondu à ses lettres, pas même à ses coups de fil, alors elle avait abandonné.

Eve était fortunée. Son mari avait eu de l'argent. Beaucoup, grâce ou à cause d'un accident du travail. Ils en avaient bien profité, et il en restait encore.

Madame Jansens a fait les choses correctement pour Eve. A sa mort, elle a averti la progéniture qu'elle ne voyait plus depuis des lustres, plus de trois. Elle l'a fait à contre cœur mais elle se devait de le faire pour Eve. Mais la progéniture a fait la sourde oreille. Pas un appel, pas un mot, pas une fleur, pas une larme. Alors, elle a tout géré, seule, jusqu'au notaire. Elle sait que lui incombera aussi la tâche de vider l'appartement, vider une vie, faire fi des souvenirs, des bons comme des mauvais moments, mettre en vente et faire visiter l'appartement. Elle sait à quel point ceci va être douloureux, difficile, insurmontable. Elle sait qu'elle y parviendra, par respect pour Eve, mais également parce qu'elle seule doit et peut le faire.

Mais ce matin, elle a reçu la lettre du notaire. Sur cette lettre figurent, côte à côte, son nom et les deux noms de la progéniture. Ils viennent, là, sur cette page prendre la place qu'ils n'ont jamais voulue. Ils s'imposent, de manière indécente, jouent des coudes pour se positionner, la bousculer, la pousser jusqu'à presque l'effacer. Ils sont là, pour recevoir leur dû, celui-là même qui ne devrait pas être. Madame Jansens n'a pas besoin de l'argent d'Eve, mais savoir que la progéniture peut en bénéficier... c'est tellement difficile, irrespectueux pour Eve.

Des noms qu'elle avait presque oubliés, quelques rares souvenirs, si lointains, qu'ils avaient fini par s'estomper, dont il ne restait que quelques bribes soulevées par le vent du passé, qui viennent comme par effraction bousculer le présent.

Une envie de vomir, l'injustice, la colère, comme une belle claque ! Insupportable !

Alors, là, dans la salle à manger aux murs recouverts de papier peint fleuri, jauni par le temps, dans la salle à manger où elle a si souvent bu le café avec Eve, elle tend à Damo la lettre qu'elle a écrit à la progéniture, mais qu'elle sait qu'elle n'enverra jamais.

Mes chers cousins, si éloignés,

Je n'ose imaginer votre surprise, puis votre joie, à la lecture du courrier du notaire de votre tante. Oui ! Quel cadeau ne vous a-t-elle pas fait ? Digne d'une émission de télévision, « surprise, surprise », « recherche héritiers ». Car oui, il fallut vous rechercher. Vos adresses n'étaient plus les bonnes, les numéros de téléphones portables ont effacé les fixes, comme pour mieux nous repousser. Comme le temps double sa durée dans ces moments d'attente !

Vos contacts furent si distants avec cette femme au doux prénom de la première femme, que vous n'eûtes à vous préoccuper de rien. Ni de sa cérémonie, ni d'avertir la famille, si nombreuse de feu son époux, ni de converser avec le policier qui la trouva inanimée à la veille d'une nouvelle année, ni à vous préoccuper non plus des fleurs qui l'accompagneraient ou du sac à main qu'elle porterait pour aller rejoindre son bien-aimé. Car oui, votre cousine, sans doute l'ignorez-vous, nourrissait une passion pour les sacs à main.

Vous n'eûtes pas non plus à verser une seule larme, tant l'amour que vous lui portiez était sec et lointain, bien plus que les kilomètres qui vous séparaient d'elle.

Me sentez-vous animée d'un quelconque ressenti ? Oui, je l'avoue. Je vous en veux de la tristesse que vous n'éprouvez pas, je vous en veux de ne pas avoir été présents, lorsqu'elle en avait tant besoin, que tant de fois elle essaya de vous appeler, en vain, de son vivant, comme à l'heure de sa mort. Je vous en veux de ce manque d'empathie, de votre égoïsme, et de cette injustice. Les billets vont s'éparpiller sur le sol de vos demeures, dans la noirceur de vos portefeuilles et de vos cœurs. Elle, par sa bonté, dirait qu'il en est ainsi, cette même bonté, je la garde pour continuer à l'accompagner, quant à vous, je vous vomis.

Damo regarde timidement Madame Jansens. Il ne sait quoi dire. Tout est écrit, si clairement. Jamais il n'aurait soupçonné une telle colère en elle, mais il en est ainsi.

- Ça fait du bien de faire sortir sa colère, lui dit-il, après un long silence.

Sa grande pudeur l'empêche de prendre Madame Jansens dans ses bras, alors il s'assoit et commence à siroter son café, tandis qu'elle le gratifie d'un timide sourire.

UN AIR DE COMPTOIR

Damo change de trottoir. Celui-là, il n'a vraiment pas envie de le voir. Celui-là, cet homme-là, au comptoir, c'est le père de sa petite voisine. Le voilà de retour, ça faisait longtemps, enfin, pas tant que ça. Il l'entend vociférer. La rue toute entière, supporte ses cris, sa manière de parler. Il a un accent, il a surtout et avant tout la voix du vin, de la vinasse, des restes de la veille, des premiers verres du matin, qui s'éternisent dans la journée.

Quand il est par là, sa fille se montre peu. Elle n'ose pas, c'est ce que Damo pense en tous cas, parce qu'il ne la voit pas, mis à part les fois où elle doit aller le récupérer au comptoir. Damo n'aime pas les gens qui boivent à outrance.

Damo préfère changer de trottoir. Il l'entend l'apostropher : « Eh toi ! l'homme au chapeau ! » Damo poursuit sa route, un bref signe de la main, il le sait le père de sa petite voisine ne supporte pas qu'on ne le salue pas., mais lui parler est au-dessus de ses forces.

Plus bas, dans la rue, il y a Petit Boy. Et Petit Boy parle à tout le monde, Damo le sait bien. Et le père de la petite voisine force tout le monde à boire quand il est ivre. Alors Damo fait des grands signes à Petit Boy pour qu'il traverse.

- Alors Petit Boy, la journée de travail est terminée ?
- Oui Damo, je rentre voir maman.

Damo entame une discussion avec Petit Boy. Il n'a pas envie que l'haleine du père de la petite voisine pollue l'air que Petit Boy respire, alors, il l'entraîne plus bas dans la rue.

- Allez, appelle ta maman et viens avec moi, je vais te présenter des gens bien.

Petit Boy est heureux, il adore Damo, il adore passer un peu de temps avec lui. Damo, l'emmène au club des pétanqueurs. Il le présente à tous ses amis.

- Voici Petit Boy, mon plus jeune ami !
- Petit Boy, je te présente mes amis du club des pétanqueurs.

Petit boy éclate de rire.

- Tes amis pétanqueurs ! Ils pètent en chœur !

Damo n'avait jamais envisagé les choses sous cet angle-là, mais le rire de Petit Boy est communicatif, et Petit Boy si sympathique. Petit Boy s'essaie à quelques lancers dans deux ou trois parties.

Damo commence à percevoir des petits signes de fatigue chez son plus jeune ami. Il est temps de rentrer. Difficile d'éviter le bar où sévit le père de sa petite voisine, mais qui sait, peut-être est-il parti ?

Damo remonte lentement le trottoir d'en face, il fait la conversation à Petit Boy, tout en regardant le bar, qui lentement se rapproche.

Il perçoit beaucoup d'animation. Des cris. Le père de la petite voisine vocifère et gesticule. Ses bras s'agitent dans tous les sens. Il menace tout le monde, se sent persécuté, hurle tout et son contraire. Il y a du verre par terre. La petite voisine pleure devant cette violence qui parfois jaillit de ce corps encore jeune et vigoureux, qui devrait la protéger. Mais il est devenu l'objet de la machination de l'alcool.

Elle pleure et peine à respirer.

Ce qui la blesse le plus ? Non, ce ne sont pas les cris, pas cette voix non plus qui la terrorise, ni même ce corps devenu animal.

Ce qui la blesse le plus ? C'est qu'il ne l'ait pas reconnue. Elle l'a pourtant appelé : « papa ».

NATHALIE

Presque en face de chez Damo, il y a Nathalie, dite « la russe ». Elle a épousé Toine, un français, pas beau, mais travailleur.

Nathalie était belle, jeune. De sa beauté, pendant ses dernières années, il n'est resté que son regard, ses beaux yeux bleus. Nathalie, Toine, un couple si mal assorti. Elle, grande et devenue forte avec le temps, lui plutôt freluquet et tout en nerfs. Elle, sourit et rebaptise les gens de prénoms russes, lui, marche, tête baissée, sans regarder personne. Nathalie aimait bien Tante Ghislaine, pour elle, elle était devenue Yelena. Damo ? Elle n'ose pas trop lui parler. Mais quand Ghislaine est partie, elle s'est approchée de Damo et lui a dit que Yelena vivrait toujours près de lui, et qu'il sentirait son souffle dans celui du vent, sa chaleur dans celle du soleil.

Alors Damo a vu qu'elle aussi savait, et lui a souri.

Nathalie a un fils. Il ne lui ressemble pas, pas plus qu'à Toine. Certains disent que ce ne serait pas celui de Toine, que Nathalie, aurait vécu la guerre et tout ce qui va avec. Ce fils, il ne parle à personne, ni à sa mère, ni à Toine, ni aux voisins, pas même à Simone, pourtant toujours si sympathique avec tous les gens du quartier qu'elle considère comme sa famille.

Nathalie se promène toujours avec de grands sacs. Parfois, elle a du mal à les porter. Personne n'a jamais su ce qu'il y avait à l'intérieur. Avec le temps, ils paraissent de plus en plus lourds.

Au fil des années, Nathalie peine toujours plus pour avancer, d'autant que des grosses pantoufles ont remplacé ses petites chaussures, que ses jambes ont tant enflé qu'elles semblent avoir du mal à la porter, à porter ce corps lourd et usé par la vie.

La vie, Nathalie la donne tous les jours à ses plantes. Tous les jours, elle sort ses pots de fleurs sur son bout de trottoir. Il y en a des petits, des plus grands. Certaines plantes sont fleuries, c'est comme ça qu'on voit que le printemps arrive, rue Van Swae, d'autres sont de belles plantes vertes dont les feuilles savourent cette petite douche fraîche, quasi quotidienne, petit don du ciel. Elle les aime, en prend soin, parfois passe des heures à les bichonner. Tous les soirs, elle les rentre.

Damo la voit, de loin, dans son tablier, toujours le même, vert et bleu à petites fleurs violettes et parme, soulever les feuilles, leur parler, les caresser, les nettoyer, arroser, tailler... Il trouve que c'est une drôle de femme, Nathalie, mais la vie vous change. Qui sait quelle petite fille elle était ? Sans aucun doute jolie, vive, drôle ? Est-ce qu'elle aimait rire, jouer ? Était-elle sage ou plutôt espiègle, vivait-elle en ville, à la campagne, quel âge avait-elle au début de la guerre ?

Mais Damo n'aime pas penser à la guerre, alors il détourne son regard et par là même, son attention. C'est à cause de cette guerre qu'il n'a pas pu dire au revoir à sa mère, elle était dans un sanatorium, à une centaine de kilomètres de chez lui. Elle est morte jeune, seule. Au cimetière il y a juste une plaque pour lui rendre hommage. Damo a eu mal, longtemps, de ce manque. Maintenant il va mieux, il peut en parler sans que ses yeux ne brillent, comme Nathalie, elle a l'air bien ; maintenant, c'est mieux, non ?

Le fils de Nathalie ne vient plus les voir, depuis longtemps. Il s'est marié, a eu deux enfants, mais Damo ne les a aperçus qu'une seule fois chez Nathalie. Elle doit en souffrir, mais ne montre rien. D'ailleurs Nathalie ne montre jamais rien.

Quant à Toine... Lui, on ne le voit presque plus, depuis qu'il a cessé de travailler, il passe son temps à l'intérieur. Damo s'est même demandé un jour s'il était encore vivant. Et puis, vivant ou mort, qu'est-ce que ça pourrait bien changer pour Damo, il n'a que rarement entendu le son de sa voix.

Par un triste jour d'automne, on a entendu un cri. Une voisine, voyant la porte ouverte, est entrée et a découvert leurs deux corps, inanimés, sur leurs fauteuils, dans le salon, devant la télé. Personne n'a jamais vraiment su ce qui s'était passé. Les enquêteurs sont venus, puis repartis.

Nathalie, Toine, quelle importance, quel intérêt ?

Ils ont recherché le fils, personne ne sait s'ils l'ont retrouvé.

Une plante a poussé devant la maison de Nathalie. Une plante, venue de nulle part, qui a pris racine, on ne sait comment, dans le sol, imposante, avec des feuilles délicates et des petites fleurs violettes et parmes, pareilles à celles du tablier de Nathalie.

Damo a pensé en la voyant : « C'est Nathalie, elle attend son fils ».

LE COUP DU LAPIN

Rue Van Swae, il y a aussi Eliane. Eliane passe souvent voir Ilaine. Petit bout de femme élégant, elle se fait confectionner ses robes par cette dernière. Ayant pignon sur rue de par son commerce, Eliane sait tout sur tous. Elle est l'oreille de la rue Van Swae. Elle entend les confidences, mais se garde bien de les répéter. Oreille oui, mais pas mauvaise langue. Depuis qu'Ilaine n'est plus là, elle ne passe plus que rarement chez Damo. Mais là, impossible de faire autrement.

Eliane tambourine à la porte.

- Damo, Damo !
- Bonjour Eliane, mais qu'est-ce qui t'arrive ? Entre Simone est là.
- C'est la voisine.
- Quelle voisine ?
- Tu sais, celle qui a emménagé il y a peu de temps, celle qui est... enfin... qui n'est pas sympathique...

- Oui, tu veux parler de Aneke. Mais tu m'as dit que tu ne lui adressais plus la parole.
- Ah non, ce n'est pas moi, c'est elle. Elle voulait tout savoir sur tout le monde et quand je lui ai dit que je ne savais pas critiquer les gens que j'aimais, et que je balayais devant ma porte, c'est elle qui n'a plus voulu m'adresser la parole.
- Ah oui, c'est vrai, acquiesce Damo avec un beau sourire
- N'est-ce pas Damo, on ne saurait pas se critiquer entre nous, depuis le temps qu'on vit dans la même rue… On est une vraie famille, da., pas comme elle, toujours à faire son nez [1]
- Tu me disais alors, Aneke…
- Elle est morte.
- Morte ? Mais qu'est-ce que tu dis ? Elle allait bien.
- Ben oui da. C'est l'épicière qui me l'a dit. On l'enterre après-demain et en fin de semaine prochaine sa fille organise un grand vide maison.
- Sa fille, c'est celle qui a les crolles ?[2]
- Celle-là même.
- Mais dis-moi Eliane, comment elle est morte ?
- Elle s'était faite toute belle pour aller chez la belle maman de sa fille à Namur. Je les ai vues partir… si élégantes… Ah, pour briller, elle brillait ! Elle avait mis tous ses bijoux - Eliane esquisse un petit rire moqueur - et son beau chapeau, tu sais, celui avec la plume rouge.

---

[1] Faire son nez : être prétentieuse.
[2] Crolles : boucles

Ah cette plume, elle ne lui aura pas porté bonheur... Alors, son gendre conduisait, -tu le remets ? Celui qui nous salue à peine, - sa fille était à la place du passager, la place du mort comme on dit, sauf que cette fois, ce n'était pas celle-là la place du mort. Eliane marque une pause, contente de sa réflexion.

Aneke aurait eu la bonne idée de préparer un civet, parce que la belle famille n'a jamais goûté ça, Aneke tenait la recette d'une cousine en France, la vraie recette, qu'elle dit, et en plus le civet c'est le plat préféré de sa fille.

- Donc ?
- Donc elle a fait un civet. Comme elle adore la viande de son boucher, elle est allée chez lui pour se faire découper des morceaux de lapin, et comme ça doit mijoter longtemps - je ne sais pas, je n'ai jamais fait moi, et toi Damo, tu as bien de la famille aussi en France ? Tu en a déjà mangé du civet ? ...- bon, elle a voulu préparer ça la veille, dans une belle cocotte rouge, en fonte, c'est là que c'est meilleur. Elle a bassiné toute la rue, en disant qu'elle seule savait bien faire le civet, et d'ailleurs, ça sentait tellement bon devant chez elle... ses fenêtres étaient ouvertes. Tu comprends Damo, pour bien montrer à tout le monde. Elle adore se pavaner celle-là ! Donc, le dimanche matin, elle a mis ses plus beaux vêtements, son chapeau, celui avec la plume rouge, et, pour ne pas salir sa belle robe, a posé la cocotte en fonte sur la plage arrière, dans l'auto.

Ils ont roulé, pas eu le temps de sortir de Jette, et....

Eliane regarde attentivement Damo et scrute ses réactions...

- Et son gendre a vu un enfant débouler, sur la route, entre deux voitures, sur son vélo, et il a freiné, d'un coup sec ! Le plat est allé cogner sa nuque, la plume rouge s'est retrouvée devant, et elle, elle est morte sur le coup. Tout ça pour un civet !
Ah, un sacré coup du lapin ! Pas vrai Damo ? Si ce n'était pas triste, on, en rirait...

Simone qui était venue boire un café, on est lundi, pousse un petit cri.

- Tu entends ça Damo ?

Bella acquiesce et aboie.

BELLA

Bella, c'est la chienne de Simone et Victor. Une chienne de race ? Difficile à dire, a priori, non. Mais bon, elle est plutôt vieille, et son poil n'est sans doute plus ce qu'il était. Elle est ébouriffée, et semble se réveiller chaque fois qu'on la voit. Son poil est clair, mais d'une couleur pas très définie. On dirait qu'elle a des « cheveux » blancs. Bella, c'est le double de Simone. Son alter ego canin.

Bella participe aux conversations.

Simone est triste ? Bella penche la tête.
Simone dispute Damo qui est couché sur le toit ? Bella aboie.
Simone parle à Bella, Bella lui répond.

Simone nous invite à nous asseoir sur le canapé pour boire un café ? Bella prend place et s'installe telle l'invitée principale. Attention, « cheese » pour la photo… Bella ne bouge plus. Elle doit rager de ne pas pouvoir sourire ! C'est ce qu'on pense, parce que Simone nous dit que « oui oui, elle sourit ». Parce que Simone comprend Bella, et sait quand Bella est triste, quand Bella se cache parce qu'elle a fait une bêtise, quand Bella boude, quand Bella est en colère et quand Bella sourit. Et Bella scrute la moindre réaction de sa maîtresse et adapte son comportement.

Elles sont indissociables l'une de l'autre.

Bref, en Belgique, il y a Tintin et Milou, et Simone et Bella.

RUE PANNENHUIS

Damo adore les vide maisons, les puces, les brocantes. En remontant la rue Pannenhuys, il s'arrête un instant. Des personnes ont posé à terre les souvenirs d'une vie. Un vase en cristal de bohême brille sur le trottoir, il a été nettoyé pour l'occasion, un autre, rouge, magnifique, acheté à Murano, une belle montre à gousset, au mécanisme cassé depuis si longtemps... Qui connaît la vie de cette montre ? Dans quelle poche est-elle allée se glisser ? Celle d'un marchand de vin, celle d'un notaire, léguée à un prêtre, puis « empruntée » par un enfant de cœur, et baladée de vide maison en vide grenier ?

Une ménagère dans son étui, entrouvert juste ce qu'il faut pour constater le bel état de ces quelques couverts, si beaux qu'ils ont eu peu d'occasions de se montrer sur la table de la salle à manger, tout comme sans doute, ces assiettes aux petites fleurs bleues, délicates, encore protégées et séparées les unes des autres par du papier bulle.

Et tous ces chapeaux... Damo se demande s'il y en a un qui lui irait, il adore les chapeaux. Damo s'interroge sur ce qu'est devenu le chapeau à la plume rouge.

A quelques centimètres, un tas de brols, déposées à la va-vite. Petits bibelots en tout genre, casseroles, boîtes en fer, en carton, ciseaux crantés, ciseaux à barbe, rasoirs mécaniques, coupe papier, lampe de poche, loupe..., autant d'objets pas indispensables, mais qu'on ne pense pas à jeter, tellement on ne les voit plus. Sauf pour Damo. Pour lui, tous les objets qu'il a, lui sont indispensables.

Damo se régale de ce spectacle. Il s'installe sur un banc, pas très loin.

Une femme passe. Elle semble préoccupée, dans ses pensées, reste dans ses rêves, cette vie-là n'est plus adaptée au monde qu'elle aimerait crée[3]r. Un très gros sac à dos voûte ses épaules, elle ne tente pas encore un grand pèlerinage, oh, elle aimerait bien, elle se prépare chaque jour pour ce qu'elle espère être, un voyage, un grand voyage, le voyage de sa vie. Celui qu'elle oserait faire, où elle pourrait se confronter à elle-même, à elle seule, celui qu'elle imagine, celui dont elle rêve, mais est-ce encore de son âge ? Alors, elle marche, se dit qu'elle s'entraîne pour de plus longues distances, de celles qui vont de soi à soi. Elle parcourt la région, se perd dans les

---

[3] Brols : objets, bibelots, qui forment un joyeux bazar.

campagnes alentours, seule. Sa solitude, elle l'aime et la revendique.

Celle-là serait davantage intellectuelle, un brin bohême, mais finalement pas tant que ça. En attendant les vacances, visites programmées, billet payé, matériel vérifié, elle regarde, elle observe, conseillera à ses amis, ou pas, là, elle pose des questions, interroge, s'intéresse... sans doute a-t-elle visité la maison de Magritte, un peu plus loin. Qui pourrait-elle être ? Un professeur, une bibliothécaire, une employée de mairie, peut-être ? Une vie bien rangée ? Oui, elle le porte sur elle. Rien ne dépasse. Bien habillée, maquillée à peine, juste ce qu'il faut, quelques bijoux, pas trop, pas trop peu. Jolie robe... élégante, mais simple. Est-ce que le repas de midi est déjà prêt ? Sans doute, à midi ce sera légumes bio et poisson.

Celle-ci, jeune, devait être belle. Elle a gardé une allure, un style, un naturel, quelque peu artiste. Elle a sans doute été muse, ou modèle, aimé, souri, pleuré. Aujourd'hui ses aquarelles s'étalent sur ses murs et son plancher en attendant un acquéreur bien avisé. Du noir souligne ses yeux, qui brillent encore d'on ne sait quel amour, celui qui l'a fait tant vibrer et peut-être souffrir, ou alors c'est l'alcool, qui a tellement coulé sur ses lèvres, qu'elles se sont colorées de la teinte de ce bordeaux qui l'a tant régalée ? Ses chairs se sont un peu défaites, mais son regard, bien que fatigué a gardé la même intensité.

Elle, a revêtu sa plus belle robe. La rouge, celle qui, légèrement transparente, laisse deviner le haut de sa cuisse, celle qui dévoile, presque nonchalamment son mollet galbé, délicatement dessiné. Des escarpins, rouges, talons aiguille, tels une virgule, terminent ce tableau de séduction. Amoureuse d'un soir. Damo l'imagine bien fumer nonchalamment. Il n'aime pas ça. Chaque fois qu'il les a au téléphone, il dit à ses nièces qu'elles doivent cesser de fumer, mais tous ses arguments sont vains. Quel âge peut-elle avoir ? Entre trente et quarante. De loin, plutôt trente, de près on dirait quarante. Oui plus proche des quarante, plus de charme, plus de vécu aussi, et quelques rides qui en témoignent.

Et elle ? Comment peut être sa vie ? Elle cause, elle cause, elle cause, se vante de tout maîtriser, de tout connaître, sur quel bouton appuyer pour qu'elle s'arrête ? Elle prend un livre, et l'accompagne d'un commentaire, inutile. « Comme il ressemble aux vieux précis, manuels pédagogiques d'autrefois ! », puis le repose. Elle aime le vintage dit-elle, mais seulement le faux pense Damo. Oh comme il n'aurait pas aimé qu'Ilaine soit ainsi. Oui, Ilaine était bavarde aussi, mais la mélodie qui s'échappait de ses lèvres était ponctuée de rires qui la rendaient si touchante, si vive, si aimable et aimante, scintillante, cristalline.

Un souffle de vie, Ilaine.

Tiens, il y a Toine. Damo voudrait l'appeler, mais Toine semble dans ses pensées, à la recherche d'un objet précis. Le voilà qui négocie. Une paire de pantoufles, un déambulateur. Damo devine que Nathalie ne sortira plus que très rarement, et replonge dans ses pensées. La vie est ainsi.

Il y a peu de monde ce matin, dans cette rue Pannenhuys, des femmes principalement.

Au loin il aperçoit Simone. Est-elle passée plus tôt ? Il ne l'a pas vue, elle semble bien chargée avec ses deux sacs lourds, Damo se lève, mais se rassoit aussitôt. Victor vient à sa rencontre pour l'aider.

Et si lui-même devait faire un vide grenier, que mettrait-il, dehors, devant chez lui rue Van Swae ? Serait-il capable de se séparer de ces objets inutiles et si nombreux chez lui ? Un frisson parcourt son dos, un sourire se pose sur ses lèvres. Il se lève, s'approche des tréteaux et de la belle agitation, sourit aux uns, aux autres, il est tard, les vendeurs remballent lentement les objets.

Damo pose son regard sur le vase rouge.

- Combien ?

Le vendeur lui fait un prix, c'est la fin de la journée, tout le monde est pressé de rentrer, Damo n'avait rien demandé, c'est son petit bonheur du jour.

L'APPARTEMENT

UNE VIE A DEUX

La photo de leur mariage trône au-dessus du lit. Deux visages souriants. Ils sont beaux de bonheur. Tante Ghislaine est égale à elle-même. Simple et affirmée. Pas de robe blanche de mariée, mais un beau tailleur qu'elle a confectionné elle-même. Elle est droite, élégante, bien coiffée, souriante. Ils n'ont jamais aimé s'exposer, juste, ils s'aiment, ils sont heureux. C'est bien ainsi.

Oncle Adamo et Tante Ghislaine n'ont pas eu d'enfants. Je n'ai jamais su s'ils en avaient voulu ou pas. Tante Ghislaine avait trente-six ans et oncle Adamo trente lorsqu'ils se sont mariés. Peut-être pensaient-ils être trop âgés ? Mais à trente-six ans, on peut encore avoir des enfants.

Il la trouvait tellement belle. D'ailleurs il lui a demandé si sa mère était partie aux Etats-Unis parce qu'il trouvait qu'elle ressemblait beaucoup à sa propre sœur. Le père d'Adamo a vécu dix ans aux Etats-Unis, donc une question a traversé l'esprit d'Oncle Adamo lorsqu'il a rencontré Tante Ghislaine. Cette belle femme serait-elle ma demi-sœur ? Elle lui a dit qu'aucun membre de sa famille n'avait jamais traversé les frontières, alors, il s'est autorisé à lui faire la cour, une cour prudente, polie, délicate. Il était tout à fait conscient de son statut d'immigré, de fils de paysan devenu ouvrier, mais elle était belle, il est tombé amoureux et il a fait ce qu'il fallait avec toute la délicatesse qui le caractérise, parce qu'Oncle Adamo est un être délicat, calme, qui ne s'énerve jamais. Pour ne rien gâcher, Oncle Adamo a beaucoup d'humour.

Personne n'a jamais osé leur demander pourquoi ils n'ont pas eu d'enfants. Peut-être que Tante Ghislaine n'avait pas envie de reproduire le schéma familial, douze enfants, Une des sœurs de Tante Ghislaine en a eu seize. Elle était présente à ses obsèques. Belle femme, petite, âgée, mais toujours aussi élégante. Oncle Adamo en sourit encore :

- Quand on allait manger chez eux, il y avait deux seaux de pommes de terre, elles avaient épluché tout un seau, alors que moi je n'en étais qu'à ma deuxième patate. Eh oui, fille, c'est comme ça dans les grandes familles, elles devaient apprendre à faire vite si elles voulaient manger.

Sans doute Oncle Adamo ne voulait-il pas que ses enfants manquent, comme lui avait manqué, comme sa bien-aimée, sa tant aimée, avait manqué.

Toute sa vie Tante Ghislaine a veillé sur ses frères et sœurs, sur ses neveux et nièces et elle en avait beaucoup et toute sa vie Oncle Adamo a veillé sur Tante Ghislaine son amour.

DES LIVRES, ENCORE DES LIVRES

Damo tourne, tourne, tourne... Il s'occupe comme il peut. La télévision, ça l'ennuie. Même quand Ilaine l'a quitté, l'écran est resté noir, pas de lot de consolation.

Ilaine est très occupée. Elle coud. Un travail à peine entamé, un autre en cours, une commande presque prête.
Demain, la Générale doit passer. Elle va choisir ses boutons. Elle aime ceux en verre avec une légère transparence.

- Fille, je prends des bleus et des verts ?
- Oui Damo, et regarde si tu trouves des violets, ça apportera un peu de fantaisie, la Générale aime bien.

Damo prépare une série de beaux boutons. Il les aligne précautionneusement, régulièrement, et observe tour à tour chaque ligne pour en voir l'effet.

Depuis qu'il ne travaille plus, Damo essaie d'aider Ilaine, mais parfois elle n'a pas besoin de lui.

Alors, le soir, quand Ilaine coud, Damo lit.

Le livre est utile, il enseigne. Il y a là une petite collection, aux fines feuilles jaunies : « Le parfait petit l'électricien », « Le parfait petit plombier », « Le parfait petit menuisier ». Il a même le livre du parfait maçon. Il n'en a pas besoin, mais on ne sait jamais…

Le livre soigne. Les manuels d'herboristerie s'accumulent sur les étagères. Les plantes, par ordre alphabétique, les plantes par maux, par pathologie. Des recettes, des conseils, certaines pages sont annotées, des marque pages de fortune font revivre les préoccupations d'Oncle Adamo.

Et puis ce dictionnaire de médecine, resté ouvert sur la lettre « C », comme cœur en ce soir de décembre…

Le livre cultive. « Les grands peintres du XXème siècle », « Les Misérables », « L'histoire de l'art », « Le courant impressionniste », « Les maîtres flamands », « Rodin », « Paris à travers les âges », « Le forum romain et la voie sacrée », « Les chevaliers de la table ronde », la philatélie, pour les débutants, la philatélie pour…. L'encyclopédie tout l'univers. Quelques pauvres romans oubliés témoignent du temps où les neveux et nièces sont venus faire leurs études à Bruxelles….

Sans doute les a-t-il tous lus, ou au moins parcourus. Des annotations manuscrites, délicatement. L'écriture de Damo, régulière, appliquée, au crayon à papier, dans la marge. Damo a fait attention à ne pas écrire sur les lettres, sur les mots. Il a beaucoup trop de respect pour la personne qui a écrit, pour ne pas entacher son travail. Damo est un autodidacte, alors, tous les livres qu'il possède l'ont fait grandir, connaître, l'ont rempli de savoir, de savoir-faire et de savoir être.

Au fil des puces, Damo s'enrichit, se nourrit. Au fil des vide-greniers, des vide-maisons, les étagères de la pièce de couture se remplissent. C'est bien de rester lire près de Ghislaine. Le bruit de la machine à coudre rythme les heures et apaise.

Ilaine coud, Damo lit.
Ilaine coud, Damo installe une étagère.
Ilaine coud, Damo double l'étagère.
Ilaine coud, Damo lit.
Ilaine coud, Damo s'assoupit.

Avec Damo, on peut parler de tout. C'est peut-être pour ça que les gens l'aiment.

Avec Damo, on parle de tout, si simplement.

QUELQUES FLEURS SUR LES MURS

On sonne à la porte. Une dame d'une élégance désuète, d'un autre temps, d'un autre monde esquisse un sourire.

Ilaine la toise. Son œil, perçant, évalue ses mensurations. Tour de hanches : 85, tour de taille : 60, poitrine : 90. Le port de tête est haut, le cou fin et long, et les épaules sans doute bien charpentées et à la fois pleines de grâce. 1,75 mètre au bas mot.

Puis le regard d'Ilaine se pose enfin dans celui magnifiquement bleu et fragile de la Générale. Depuis combien de temps ne se sont-elles pas vues ? Une accolade naturelle empreinte de respect mutuel. Un sourire timide, mais si sincère et spontané.

Ilaine a changé. La Générale aussi. Elles se sont croisées, il y a si longtemps, c'était dans un autre monde. Chez une cliente fortunée qu'Ilaine habillait. La Générale était là, avec son époux. La Générale avait assisté ce jour-là à un essayage. La douceur de ce moment, est le seul souvenir tendre et nostalgique que la Générale a gardé de cette époque.

Aujourd'hui, devant cette porte elle retrouve le regard pétillant d'Ilaine, qui l'avait tant marquée.

La Générale a fui son pays, la Russie. De générale, elle n'a que le nom, pas le grade. Le grade, c'est celui de son amant, aujourd'hui mari, le Général. Ils ont pris la fuite, un soir, sans en parler. A personne.
Lui est militaire, Général. Il obéit, il exécute, mais le poids du régime politique lui est de plus en plus difficile à supporter. Alors, pour se distraire, pour s'évader, il peint, il écrit, des satyres sur la société. Il sait que jamais il ne pourra les montrer à personne, il pourrait être condamné pour ça.

Un jour, un de ses manuscrits, chez lui, a disparu. Il ne sait ni pourquoi, ni comment. Mais il sait combien c'est grave, qu'il n'a que quelques heures devant lui pour fuir. Alors, après avoir détruit toutes ses œuvres, sans emporter aucun bagage, ni souvenir, lui et sa bien-aimée partent. Léningrad, Cracovie, Bruxelles...

Ils savent que jamais plus ils ne verront les leurs. Les revoir, leur écrire serait les mettre en danger.

Ils se sont mariés à peine franchie la frontière belge. Renforcer ce lien qui déjà les unissait, ne plus jamais se sentir seuls.

Il aime se présenter comme Général, il lui est si difficile de renier tout son passé...

Tout ça, Ilaine l'a vu dans les yeux de la Générale. Elle est veuve aujourd'hui. Dans une main, un sac avec du tissu, dans l'autre, un tableau.

Après sa fuite, le Général n'a plus écrit. Plus une seule ligne. Il en est incapable. Il consacre son temps à peindre. Des fleurs. Des bouquets aux couleurs douces et tendres, nostalgie d'un être qu'il n'est plus.

Il les signe d'une manière appliquée, d'une écriture régulière, comme s'il refusait que son nom ne s'efface à jamais, son nom, comme ultime signe d'un être droit mais pourtant brisé. Il a travaillé, un peu, parfois, à l'occasion, mais n'est jamais parvenu à se sentir heureux dans sa nouvelle vie. Avec son épouse, ils ne se sont plus quittés, mais si l'amour est toujours là, son mal-être est plus fort. Alors, il boit, VODKA ! comme un rappel à sa vie d'avant.

Ils ont sombré dans une vie où les fleurs prennent toute la place sur les murs, mais seuls ces murs sont beaux. Le bel appartement bourgeois, est devenu chambre triste d'un quartier sombre.

A la mort du Général, elle a décidé de relever la tête. Bien présenter, s'habiller, pour s'en sortir. Alors, elle a décroché les fleurs des murs et en a données à Ilaine en échange de quelques tenues.

ET DES TABLEAUX

Damo et Ilaine adorent se promener. Ce qu'ils aiment, ce qu'ils adorent, plus que tout, c'est acheter. Des savonnettes, du fil, des chaussettes, des vases, des brols[4]..., autant d'objets, autant de souvenirs, de moments de vie, qu'ils exposent, qu'ils rangent précieusement en attendant de les utiliser, ou en souriant de les regarder. Ils sont toujours curieux de nouvelles choses à découvrir.

Aujourd'hui, un nom, sur une vitrine, attire leur attention. C'est le même que celui du Général, le même nom que celui sur le tableau qui est sur la cheminée.

Curieux, quelque peu fiers et intimidés aussi, ils entrent dans la galerie. Des tableaux, représentant des fleurs ornent les murs. Là, des roses, ici de la glycine, sur cet autre mur, des renoncules…

---

[4] Brols : objets, bibelots, qui forment un joyeux bazar

Damo et Ilaine s'approchent de la personne, derrière le comptoir, une jeune femme, qu'ils n'ont jamais vue, qu'ils ne connaissent pas.

- La propriétaire des tableaux n'est pas là ?
- Non, mais je ne la connais pas, je suis juste une employée.
- Ah... nous la connaissons, nous aurions pu la saluer... dit Ilaine.
- Oui, mon épouse a fait des robes pour elle, ajoute Damo, en relevant légèrement le menton.
- Je ne sais pas vous dire, répond la jeune fille, en continuant à mâcher son chewing-gum bruyamment.

Damo et Ilaine semblent déranger.

Ils restent un moment, là, immobiles. Ils attendent une parole, un échange, même léger, qui ne vient pas. Les galeries, ce n'est pas leur monde. Oui, ils aiment voir de belles choses, ils ne s'en lassent pas, d'ailleurs, chaque année, au mois de mai, ils prennent beaucoup de plaisir à se promener dans les rues de Venise. Ilaine supporte mal l'air trop iodé de la mer du nord, mais la Méditerranée lui fait du bien, alors, ils n'ont pas hésité, ils ont fait l'acquisition d'un studio là-bas, ils y vont toutes les années.

Ils aiment se balader dans les rues, sous ce soleil de mai, pas si fort, mais qui éloigne de leur horizon les nuages si imposants de leur quotidien. Ils n'hésitent pas à s'attarder de longs moments devant les vitrines, toutes plus belles les unes que les autres, à admirer le travail des artisans, à entrer dans les églises… Ils ont repéré des peintures du Caravage, par hasard, presque par erreur, dans la chapelle de Santa Maria del Popolo. Oui, ils s'étaient donné rendez-vous avec des amis sur une petite place, mais les amis ne sont jamais venus, et pour cause, ils s'étaient trompés de lieu.

Ils ont attendu, attendu, et puis Damo a proposé à Ilaine d'aller s'asseoir un moment, dans l'église, juste là, derrière. La famille d'Ilaine est très pieuse, celle de Damo est juste croyante, mais c'est pratique un dieu quand on est triste, quand on a perdu espoir, quand dans sa vie tout semble fini. Ils ont failli ne plus en ressortir, tellement ils ont été subjugués par la beauté des fresques et autres vitraux qui s'offraient à leur vue. Mais ce qui les a le plus marqué, c'est ce tableau du Caravage, cette lumière, cette profondeur, ce mouvement…

Ils sont restés longtemps, là, à contempler, sereinement, main dans la main, comme ils aiment tant… se raccrocher l'un à l'autre.

Finalement, face au silence de la mâchouilleuse de chewing-gum, ils jettent un dernier regard sur les œuvres.

Damo, prend un petit dépliant. Il y voit la photo d'un tableau qui ressemble beaucoup à ceux qu'ils ont chez eux. Par curiosité, il regarde l'affichette posée négligemment sur la petite console. Il écarquille les yeux, hausse les sourcils :

- Tu as vu, Ilaine, combien ils coûtent ces tableaux !

La Générale, ils ne l'ont jamais revue. Ces tableaux, ils ne sauront jamais comment ils sont arrivés sur ces murs.

Damo prend Ilaine par la main et ils quittent la galerie.

UN BIEN BEAU DIPLÔME

Sur le mur du salon, au milieu des tableaux, trône un diplôme, comme un trophée. Une fierté, en fait. Certificat d'Aptitude Professionnelle en Mécanique Générale.

Lorsque nous sommes venus pour les funérailles de Tante Ghislaine, Oncle Adamo nous avait dit qu'il y tenait beaucoup, qu'il l'avait bien mérité, celui-là. Et puis, un jour, comme ça, au milieu d'une conversation, dans le tram qui me ramenait à la gare, il avait lancé, calmement, très simplement, devant un bâtiment imposant : « C'est ici que j'ai fait de la prison. »

Surprise, je m'étais retournée, l'interrogeant du regard, mais il avait déjà changé de sujet de conversation, alors, par pudeur sans doute, je n'avais pas insisté.

Ce diplôme, il en était fier. Sa réussite, son ambition, son laisser-passer pour une autre vie, le regard bienveillant d'Ilaine, pour laquelle il devenait quelqu'un d'instruit. Son départ de ses terres arides et capricieuses des Abruzzes, son émancipation. Oui, Oncle Adamo l'avait regardé fièrement devant nous et sans doute sans même qu'il s'en rende compte, avait grandi de deux ou trois centimètres de satisfaction.

Et bien voilà, il nous faut maintenant le décrocher. L'encadrement, car bien sûr il a été encadré soigneusement, est un peu lourd, le verre un peu épais. Nous sommes tous animés par une petite pensée attendrie à ce moment-là. Un pan de sa vie que l'on décroche... et une feuille qui s'échappe du cadre.

Quelques phrases, une écriture fine et régulière sur du papier jauni. C'est l'écriture de notre oncle.

Quand je suis arrivé avec mon violon, au centre de recrutement de travailleurs, pour les mines, je pensais juste y aller pour un entretien, pour avoir des renseignements, être reçu avec des sourires, ou au moins, avec de la gentillesse. J'avais une grande envie de partir, comme l'avaient fait mes frères avant moi. Partir, travailler, c'était devenir un homme. Pouvoir aider mon père et ma sœur restés au village. J'ai attendu pendant plusieurs heures dans une pièce sans fenêtres. On était nombreux. Il faisait chaud, ça ne sentait pas très bon. Certains d'entre nous étaient venus accompagnés. Quand est arrivé mon tour, l'homme qui était assis au bureau a hurlé mon nom que j'avais essayé d'épeler discrètement, je n'ai jamais aimé crier ni me montrer. Puis, un autre m'a demandé de montrer mes mains. Ce que je trouvais parfois rugueux et désagréable, c'est ce qu'ils aimaient. Quelqu'un a crié : LAVORATORE un autre l'a écrit. Ils m'ont ensuite demandé d'ôter ma chemise, ils l'ont jetée par terre. J'avais demandé à ma sœur de bien la repasser parce que j'avais un rendez-vous important, arriver propre et repassé, c'était le minimum du respect, disait mon père. Ils ont palpé mes muscles, sur les bras, sur le torse. L'un dictait, l'autre écrivait. Ils m'ont demandé si j'avais déjà été malade. J'ai dit non, pourtant dans mon village, il fait humide parce... ils m'ont interrompu et ont posé encore mille questions, mais n'ont écouté aucune réponse. Ils m'ont dit de me débarrasser de mon violon, je l'ai remis à un type du village qui était venu accompagné, en lui disant de faire très attention et de le ramener à mon père. Enfin, ils m'ont dit que le camion partait bientôt, alors j'ai ramassé ma chemise et j'ai suivi. J'ai eu honte pour eux. On était nombreux dans le camion, il nous a conduit jusqu'à la gare. Le trajet a été long. On était tous pleins d'espoirs, et l'humiliation subie était minime face à la vie rêvée et au futur qui s'offrait à nous. Après un long voyage, fait de correspondances, de changement, mais aussi de chants et de rires de mes compatriotes, on est arrivés finalement à Bruxelles. Je m'étais endormi, c'est le froid dans ce wagon qui m'a réveillé. Je pensais qu'on était le soir, j'avais perdu la notion du temps, et le ciel était bas et gris. J'ai dit à un camarade qu'il allait bientôt faire nuit, il a pensé que je plaisantais, a éclaté de rire, c'était le matin, et le jour semblait ne pas vouloir se lever. En groupe, on nous a guidés dans un lieu où il avait des baraquements avec des familles, et pour les hommes seuls, comme moi, un dortoir. Je me suis allongé sur la couverture rugueuse, je crois que j'ai senti une larme sur ma joue. Les jours qui ont suivi ont été les plus gris de ma vie. La mine m'étouffait. C'était noir, plein de poussière, triste. Il fallait que j'en sorte. J'en suis sorti deux fois. La première par la prison, la deuxième par mon diplôme. Oui, j'en suis sorti, grâce à ce diplôme.

Puis, écrit en tout petit, sur le côté : « petit témoignage pour l'histoire ».

- Oui, c'est pour ça qu'il a fait de la prison.
- Mais c'est quoi cette histoire de prison ? S'il y en a un que je n'imagine pas en prison, c'est bien lui.
- Oui, il m'en a vaguement parlé quand je suis passée le voir en rentrant de vacances. Mais il me l'a dit tellement vite, que je n'ai pas su si c'était vrai ou une boutade. Oncle Adamo aimait bien plaisanter.
- Je m'en souviens maintenant. Les travailleurs étrangers avaient un contrat avec les mines. Le trajet était payé, ils étaient logés à faible coût, mais s'ils cassaient le contrat, c'était la prison. C'est pour ça que beaucoup sont restés, et puis s'y sont habitués.
- Et c'est pour ça qu'Oncle Adamo était si fier de son diplôme.
- Oui, il n'a pas supporté la mine, et a préféré faire un peu de prison, pour racheter sa liberté.

Nous avons souri en relisant : « *petit témoignage pour l'histoire* », cette phrase était tellement touchante. Nous avons compris combien il avait été important pour lui de témoigner de l'humiliation subie, combien elle avait dû lui paraître injuste. Cet acte de rébellion, le seul sans doute de sa vie, il avait eu besoin non pas de l'exposer à tout-va, mais juste de le poser pudiquement au dos d'un tableau.

Le diplôme, comme bien d'autres souvenirs ont été donnés. Peut-être rejoindra-t-il les multiples autres d'un collectionneur, peut-être le retrouverons-nous un jour sur notre chemin.

TRISTESSE

Il pleut encore ce matin. Deuxième étage sans ascenseur d'un petit immeuble art déco. Damier noir et blanc dans la grande entrée et volée de marches qui mènent avec effort au deuxième et dernier étage. L'escalier est large, mais il n'en est pas moins raide.

Une belle rampe soutient le corps de qui le désire. Damo ne devait pas l'utiliser souvent. Elle est brune, comme au premier jour, sauf en haut, au deuxième, à hauteur du palier. Un brun plus clair apparaît. Est-ce là que Damo s'autorisait à s'appuyer après ses efforts ? Est-ce là qu'il posait sa main après avoir finalement déposé ses deux sacs de courses sur le palier ?

Damo protège tout. Et, de la même manière qu'il a protégé ses meubles, il a installé sur son escalier une grosse moquette marron, retenue par des barres en fer anti-dérapantes. Bon, elles ont fait leur temps et se sont bien décollées. Damo aurait pu chuter bien plus d'une fois, mais Damo connaît tous les petits défauts et est bien trop attentionné pour ça !

Personne ne se souvient de l'escalier sous la moquette. Est-il en pierre, en bois, carrelé comme l'entrée ? L'escalier, conforme à tout ce qui est chez Damo : PRO TE GÉ !.

Damo protège, n'abîme, ni ne casse rien. Damo a passé des heures à nettoyer cette moquette. Depuis toujours. Elle garde tout en elle, miettes, petits bouts de papier, de bois, coulures de glace vanille ou chocolat que les neveux s'empressent de terminer avant d'aller sonner chez Ilaine et Damo, petits gâteaux secs venus s'écraser au sol, par la maladresse de l'un ou de l'autre, miettes éparpillées déclenchant un fou rire.

Damo ne cautionne pas, il est précis dans ses gestes, pointilleux, ordonné. Alors, il nettoie. Damo respecte les objets, les lieux… Sa maison est encombrée, mais tout est à sa place, bon même si parfois des sacs ou des cartons sont là où ils ont pu se poser, mais c'est propre. Pas une miette au sol, pas une assiette sale dans l'évier. Jusque sur les murs. On voit bien que la tapisserie a traversé le siècle, mais oncle Adamo nous avait confié un jour qu'il passait l'aspirateur sur les murs.

- Et oui fille, la poussière ne va pas seulement sur les meubles mais sur les murs aussi, avait-il lâché avec un petit sourire complice, comme pour nous faire part de son expérience.

C'est ainsi, oncle Adamo c'est le respect, des objets, des lieux, des hommes.

Aujourd'hui, on ne compte plus les sacs entassés sur ce palier.

« Damo ne saurait pas voir ça », laisse échapper Simone, en voyant toutes ces poussières et salissures laissées par les innombrables allées et venues dans l'escalier, et tous ces emballages, jaunes, blancs, plastiques et tout venant, sacs de tri qu'il nous faudra jeter. Ils sont remplis de souvenirs d'une vie qui s'en est allée, où les papiers de naissance, de mariage, de banque, n'ont plus aucune importance. Les photos sont parties dans la famille de Tante Ghislaine, tellement plus présente dans leur vie que la famille de Damo, présente car plus proche aussi physiquement.

Combien de magazines, de livres, acquis avec conscience et plaisir, sur l'art, la botanique, l'histoire…et ces manuels de l'électricien parfait, du plombier parfait, du maçon parfait, dans lesquels la lecture d'Oncle Adamo, de la première à la dernière page, a laissé une trace. Seul, il lit. Seul, il apprend. Et il aime ça. Pas pour montrer aux autres. Pour lui et pour lui tout seul.

Il se remplit de connaissances, comme il meuble son intérieur de centaines, de milliers de petites choses acquises dans les vide greniers, dans les déstockages, par lots, par sacs, aux marchés aux puces de la ville et autres lieux dans lesquels il va. Toutes ces choses, achetées à droite et à gauche, ici et là, ont été données, ont rempli les autres sacs gris, verts, confiés tantôt à l'armée du salut, tantôt à la famille. Cartons de chaussettes neuves, albums de cartes postales, pour chacune, un lieu à découvrir, à connaître, un nombre incalculable de chemises pour la plupart confectionnées par son épouse, des dizaines de costumes de belle facture, des sous-vêtements neufs, encore emballés, des mouchoirs, encore et encore, un dans chaque poche de costume et des dizaines, soigneusement rangés dans des sacs. Des boîtes, des boîtes et encore des boîtes, de photos, de cartes de vœux gardées en prévision d'un prochain Noël, des cartes postales comme autant de signes d'affection des amis et de sa famille.

Des amitiés insoupçonnées, notaires, ambassadeurs… se cachent dans chaque recoin de l'appartement, ou s'exposent humblement sur les murs, comme autant de témoignages d'affection, de reconnaissance, d'une princesse russe déchue, ou d'une voisine, simplement proche. Damo ne s'est jamais vanté de connaître telle ou telle autre personne. Il est resté lui-même, comme une promesse qu'il se serait faite, comme une loyauté, une fidélité à son passé, modeste et discret. Damo, simple, gentil, Damo achète et ne donne pas. Il ne donne pas ces objets auxquels il tient tant. Ces biens sont comme sa substance et font partie de lui.

Non, Damo donne autrement. Damo est généreux.

Il donne aux associations, pour les pauvres, pour les animaux, pour la médecine, pour la recherche... Il note soigneusement tous les mois, sur une feuille de papier les sommes qui seront prélevées sur son compte, la date. Il laisse chaque fois une trace. En retour, les associations lui envoient des cartes de vœux, des étiquettes marquées à son nom. Damo sourit. C'est bon d'aider, de faire du bien. Il est satisfait.

Damo donne aussi aux personnes qu'il aime, qui ont un fils, un ami, dans le besoin. Non, pas une assiette, pas une des nombreuses parures de lit neuves, qui sont si bien rangées dans son armoire, sous plastique, -parce que tout est sous plastique chez Damo-, non, juste des billets, plusieurs billets, de ceux-là même qu'il a économisés laborieusement.

Mais les billets n'ont pas d'âme.

SEULS LES PANTALONS RALLONGENT

Il pleut sur Bruxelles. Nous sommes venus en Mai. Je rêvais de voir Bruxelles sous le soleil, mais l'humidité nous poursuit, elle vient à chaque séjour nous rappeler le pourquoi nous sommes là.

Nous sommes en mai et pourtant, nous avons froid, comme ce triste jour de janvier où nous avons foulé le sol de la Belgique, des larmes plein les yeux, abasourdies, incrédules. Nous ignorions ce qui nous attendait, nous savions que ce serait douloureux.

Nous sommes en mai, en France il fait déjà très chaud, nous n'avons pas prévu de vêtements suffisamment chauds pour ce séjour, que nous savons encore plus éprouvant, dont nous espérons qu'il sera le dernier.

Comme chaque fois, Simone est heureuse de nous voir. Nous aussi. Elle est notre bouffée de chaleur et d'humanité. Elle nous fait du bien. Elle est notre ultime lien avec notre oncle. Ce matin elle a sans doute souri en voyant les volets s'ouvrir.

- Tu sais, je n'y arrive pas, je n'arrive pas à regarder ces volets fermés, Damo me manque tellement ! Il était comme un père pour moi !

Oui, bon, un père tout de même très jeune, dix ans d'écart seulement entre eux.

- Je pouvais parler de tout avec Damo.

Et Simone reprend, nous raconte une fois encore les après-midis où ils buvaient un café, mangeaient des fruits, des gâteaux, la générosité de Damo :

- Tu dois manger, fille !
- Mais je n'ai plus besoin de grandir, Damo, et si je mange de trop, je vais grossir !
- Ah moi, je ne grossis jamais, fille, et je mange !
- Mais dis-moi Damo, comment est-ce que tu fais ?
- C'est comme ça, le même poids depuis des années, c'est juste que maintenant mes pantalons commencent à rallonger.

Damo essaie de ne pas rire, mais ses épaules, qui font de petits soubresauts parlent pour lui.

Et c'est vrai que Damo ne grossit pas, pourtant il mange, beaucoup. Je me souviens de ce jour où nous sommes venus, pour les funérailles de Tante Ghislaine. Oncle Adamo était inconsolable, nous avons mangé chez lui. Des pâtes, il avait préparé une sauce tomate avant notre arrivée. Nous étions tous très tristes et il arrive que la tristesse coupe l'appétit. Mais Oncle Adamo avait préparé une sauce tomate. Nous avons mis la table, ouvert une bouteille de vin, quinze degrés au bas mot, et Oncle Adamo a commencé à nous servir. Non, pas une assiette, mais au moins trois assiettes par personne, et pour les hommes, lui-même, mon neveu et mon beau-frère, ça a été deux assiettes supplémentaires.

Aujourd'hui je me demande encore dans quelle casserole il a fait cuire une telle quantité de pâtes, je n'ai pas le souvenir d'avoir retrouvé une casserole aussi grande en vidant les placards de la cuisine.

Et tous nous disent la même chose, « Damo mange tellement ! ».

Pourtant, ses chemises ne s'étirent pas, seuls ses pantalons rallongent.

ALLERS-RETOURS

Et puis des allers, des retours...

Au tout début, l'abattement, la course au test de dépistage, discussions en famille autour du vaccin, Covid, obligatoire. Pour, contre, pourquoi pas, et si..., on ne peut même plus enterrer nos morts, et lentement, l'angoisse qui nous fait nous poser toutes ces questions, laisse place à l'attente d'y retourner. On revient chaque fois un peu plus sereines, on sourit en ouvrant la porte, « Bonjour Oncle Adamo ! », sans doute de là-haut nous entend-il. Ou pas. Mais pour nous, c'est un peu comme revenir à la maison, et les tâches à accomplir, cette montagne de travail nous fait moins peur.

On s'habitue à ces meubles, à ces objets, on les regarde, on s'attarde sur un mot griffonné sur une feuille de papier, dans un petit coin, à droite, on s'émeut devant un dossier, Oncle Adamo a gardé tout ce qui concernait la maladie de Tante Ghislaine « comme il a été courageux d'affronter ça tout seul ! », on rit de ses économies de bout de chandelle, comme ses boules rouillées achetées aux puces ou ce parapluie réparé avec soin, alors qu'il en possède une vingtaine qui sont neufs. On s'étonne devant les lots de vêtements, chaussettes, mouchoirs, maillots de corps, gazes, savonnettes... encore emballés. On voit qui est vraiment Oncle Adamo, comment il a vécu.

Il est un peu notre énigme, qu'on découvre, petit à petit.

- Et si on rachetait les parts de la maison ? Cool, un pied à terre à Bruxelles... oui, mais les travaux...

Changer le petit chauffe-eau, le même que celui qu'on avait quand on était petites, dans les maisons des mines, installer un chauffage central, c'est vrai que ce vieux poêle à gaz qui prétend ressembler à une cheminée paraît plutôt dangereux.

Parfois on entend l'un d'entre nous crier :

- Venez voir !

On déhousse les chaises, les tables... la table en formica dans la cuisine est comme neuve, et les chaises assorties dans le même état.

- Cette chambre est belle maintenant qu'on l'a désencombrée, avec ses deux fenêtres qui donnent sur le petit jardin derrière...
- On pourrait presque la garder, le rotin revient à la mode, ils ont dû l'aimer. C'est drôle ces deux armoires elles sont basses, du coup, tellement mignonnes, pas aussi encombrantes que...
- Si on n'habitait pas aussi loin...
- Bon, et si on les vidait ces armoires...

On s'attache et tous ces objets, qui nous semblaient envahissants, nous deviennent familiers. Les tiroirs s'ouvrent plus facilement, les chaises sont plus confortables, nos sourires nous surprennent, on essaie les chapeaux, on pose, on ouvre les fenêtres, il fait froid mais on aère : « Bonjour Simone ! », Bella aboie en nous voyant à la fenêtre d'Oncle Adamo.

Chaque fois, on passe lui faire un petit coucou au cimetière. A l'appartement, il y a des fleurs en plastique. Beaucoup. Il avait l'air d'y tenir. Il y en a dans des vases, sur des meubles, au-dessus du portrait de Tante Ghislaine qui trône dans le salon.

Alors on en met sur la tombe. On a pris un de ses jolis petits plats en faïence au motif fleuri, on y a mis de la mousse qu'on a trouvée dans un vase chez lui et on a piqué quelques fleurs à l'intérieur. C'est pour lui dire qu'on pensera toujours à lui, même si on ne peut pas venir souvent, et puis on sait qu'un jour on ne viendra plus, alors les fleurs seront toujours là, et nos pensées aussi.

Mais quand un jour on y est retournés, des petites fleurs sans prétention mais si jolies avaient pris la place du plastique. On a été émues et fières de notre Oncle.
Le petit plat en faïence, lui, est resté, c'est bien, ses objets, il y tenait tellement !

Oui Damo était aimé, mais est-ce qu'on en doutait ?

LA VENTE

COMME UN ETAT DES LIEUX

Allez, cette fois il faut qu'on se décide. En Belgique, on organise beaucoup de vide maison, mais nous on ne sait pas faire. Oui c'est vrai qu'il faut vider cet appartement, et que même si on vendait chaque article à un euro, ça représenterait une petite fortune. Rien que pour les chaussettes neuves, on aurait entre cinquante et cent euros. Et dans ce petit meuble à souvenirs…, mais voilà, on ne sait pas faire, on n'aime pas faire et on n'a pas envie de voir défiler les acheteurs, les curieux, les flaireurs de bonnes affaires fourrer leur nez et leurs pattes partout.

Et puis, Oncle Adamo n'est plus là, légalement, une partie de tout ça nous appartient, mais même donner aux uns et aux autres nous est difficile. Nous n'osons pas. Plus que des objets, c'est toute une vie dans cette maison et cette vie n'est pas la nôtre.

Tout ça est si confus, nous n'avons pas anticipé. Et nous en avons conscience durant le trajet. Une fois de plus, nous ne venons que pour peu de jours parce que notre vie est en France, et quelques jours c'est peu pour vider un appartement.

Nous essayons de contacter des associations pendant le trajet. On pourrait en tirer une petite somme, mais donner le tout nous convient. Tout ça nous paraît bien plus simple et Oncle Adamo aurait apprécié. Mais voilà...

Un répondeur : « Bonjour, notre association est fermée exceptionnellement, nous vous prions de rappeler lundi, bonne journée et merci pour votre appel ».

Ce message au fort accent belge nous rappelle que c'est le week-end de l'ascension et que oui, il aurait fallu vraiment anticiper, mais que voilà, seul ce week-end convenait à mes sœurs, mon beau-frère et moi-même.

Bref, après plusieurs tentatives auprès d'associations non disponibles, nous nous résignons à l'idée qu'il faudra vendre. Simone saura qui contacter.

Plusieurs brocanteurs viennent voir, nous disent qu'ils nous feront un devis.

Et puis arrive le dernier. Nous, nous sommes au bout de ce que nous pouvons donner, plus d'énergie. Et il fait froid. Et on n'en peut plus. Alors quand arrive le dernier brocanteur qui se dit antiquaire, on l'écoute, on ne boit pas ses paroles, elles glissent sur nous, on repart demain.

Nous avons passé quatre jours à apporter des vêtements dans des petites associations qui n'ont pas tout pris, nous en avons mis d'autres dans des petits containers, au coin de la rue, le « secours populaire » est venu prendre quelques objets et vêtements, nous avons aussi contacté une nièce d'Ilaine, « Venez récupérer des choses auxquelles vous tenez, que vous voulez », mais avec toute cette grande famille ils ne sont venus qu'à trois avec une voiture, repartie pleine, c'est sûr, mais, une voiture pleine, c'est à peine un millième de ce qu'il y a chez Oncle Adamo.

On écoute pour savoir combien il pense que ça peut représenter.

- Entre mille cinq et deux mille euros.
- Ah c'est bien, ça paiera les voyages.
- Non, entre mille cinq et deux mille euros pour vous.
- Oui, pour nous.
- Vous le faites exprès ? Pour moi.
- Vous voulez dire que c'est nous qui payons, pas vous.
- Oui, il y a le lift, j'en ai un mais il faut payer, comme si j'en louais un, et puis j'ai besoin de plusieurs personnes pour m'aider.
- Oui mais, regardez, les murs sont couverts de tableaux, ce sont des cadeaux de…
- Ecoutez, je ne suis pas là pour les sentiments, ces tableaux c'est des croûtes, ça ne vaut rien. Mais

admettons, si je calcule, ce qu'il y a ici, allez : ce que ça me rapporte : cinq cent euros maximum, ce que ça me coûte : deux mille deux cent euros environ.

- Vous aviez dit entre mille cinq et deux mille euros. Là, vous parlez de deux mille deux cent.
- Oui, mais je n'avais pas tout vu.
- Admettons, donc ça fait mille sept cent euros.
- Non, je reprends : deux mille deux cent euros, et c'est vraiment le minimum parce qu'il y a beaucoup de choses, il me faudra au moins deux jours et à plusieurs, cinq cent euros c'est ce que ça va me rapporter.
- Attendez, il y a une machine à laver toute neuve. Elle a dû servir trois fois, et ce beau service…
- C'est pour les femmes battues, dit-il avec un sourire béat, je vous l'ai déjà dit au téléphone, donc, deux mille deux cent moins cinq cent.
- Oui vous nous avez dit, mille sept cent.
- Non mille huit cent.
- Non désolée, mais deux mille deux cent moins cinq cent ça fait mille sept cent.
- Oui, on n'est pas à cent euros près.
- Bein, si quand même. Vous n'avez pas compté la collection de timbres.

Oui oui, Oncle Adamo fait la collection de timbres. Un philatéliste, quoi. Et comme pour tout ce qu'il possède, il en a une quantité, une quantité… un petit meuble rempli d'albums, de boîtes, de tiroirs avec des petits tas de timbres, tous identiques… Pourquoi ? Seul un philatéliste doit savoir, mais c'est le week-end de l'ascension et tout est fermé, nous n'aurons pas de réponse à cette question.

Nous avons insisté auprès des divers vide maison qui sont venus faire des devis. :

- Quelle est la valeur approximative d'une telle collection ?
- Oh tout ça ne vaut plus rien.
- Mais tout de même il y en a beaucoup !
- Oui, il y a quelques années, je ne dis pas, mais actuellement...
- .....
- Oui en plus, voyez-vous, le classement est celui que font tous les collectionneurs amateurs, les collectionneurs du dimanche, non ça ne vaut plus rien.
- .....
- Il y a bien quelques timbres qui valent de l'argent, mais ceux-là...
- ....
- Ah bon, lesquels ?
- Le timbre chinois, la place Tiananmen, ou encore le roi casqué, vous voyez, je suis honnête, je vous dis ce qui a de la valeur. Vous pouvez chercher si vous voulez.
- Le roi casqué ?
- Oui montrez-moi l'album des timbres belges
- ....
- ....

- Voilà, c'est ce je vous disais. Pas de roi casqué, donc pas de valeur. Croyez-moi, j'ai le nez pour ça ! Ça ne vaut plus rien.
- Quand même, il y en a beaucoup !
- Oui, mais comme je vous l'ai dit, ça ne vaut rien, aujourd'hui, il y a deux timbres qui ont de la valeur, le roi casqué, et un autre, la place Tienanmen.
- On peut regarder ?

Le brocanteur qui se prend pour un antiquaire commence à perdre patience, nous aussi, mais lui pourrait devenir agressif.

Nous on en a assez de ces comptes d'apothicaire et tout à coup la Belgique nous semble moins sympathique. On a juste envie de pleurer. Cet homme déprécie tout, il dévalorise, salit jusqu'à la mémoire de notre oncle. Nous, on est partagées. On lui demande de s'en aller et de nous oublier, ou alors on reste attachées à tous ces objets comme au seul lien qui nous relie à notre oncle. Ce sera notre dernier voyage ici, on le sait, et c'est là, sans doute, la chose la plus difficile à accepter.

On lâche, on doit repartir demain.

- Et vous laisserez l'appartement propre ?
- Oui bien sûr, par contre, si vous acceptez le devis, vous ne touchez plus à un seul bibelot.

La messe est dite, tout ça vaut bien plus de cinq cent euros, mais nous on veut juste rentrer chez nous, oublier ce camouflet, cette offense, ce mensonge. L'appartement doit être vendu.

LE ROI CASQUE

Ce matin le patron du vide maison, est passé. Nous qui pensions que ce que notre oncle avait passé des années à acquérir, accumuler, entasser, tenté de préserver, de réparer... ce à quoi il tenait, en somme, avait de la valeur ! Tout ça est déprécié.

La moue désabusée de l'homme qui nous a fait face affiche quelque chose qui pourrait sembler être de la bonhommie, de la sympathie, mais qui de minute en minute s'est changé en moues, grimaces, accompagnées de mouvement de tête, de droite à gauche. « Non décidément, rien à sauver, je vais même y perdre de l'argent... »
Il en aurait presque appelé à notre compassion.

En contrepartie de la somme importante qui nous sera réclamée, il nous a promis qu'il n'y aurait plus un papier au sol. Tout serait bien nettoyé, « Mais voyez-vous je suis honnête, il m'est arrivé de trouver les économies d'une vie sous un canapé, je les ai rapportées au propriétaire. ».

Tu parles…Tout ça est tellement gros que nous préférons ne pas relever.

Face à une telle honnêteté, nous ne pouvions que nous incliner. Nous allons réfléchir…

En termes de réflexion, en cette fin de séjour, face aux décisions épuisantes que nous devons prendre, dans cette humidité qui nous transperce jusqu'aux os, alors que de l'autre côté de la frontière le soleil s'en donne à cœur joie, à balancer ses rais sur qui en veut bien, nous décidons d'aller manger.

La petite brasserie sur la place de la gare était excellente et très correcte au niveau des prix - nos séjours commencent à revenir cher - mais le service tellement long, que nous avions failli nous endormir sur la nappe. Nous préférons donc prendre la voiture et partir en direction du centre. « Nous trouverons bien un petit restaurant, tellement envie d'un steak frites ! »

La chanson d'Angèle « Brussel », résonne dans nos têtes chaque fois que nous franchissons le sol de la Belgique. Nous l'avons écoutée le soir de la mort de notre oncle. Elle nous fait penser à lui et la voix d'Angèle vibre comme un hommage. La nostalgie de ce que nous n'avons pas pu vivre avec lui, des moments que sa mort nous a volés, est forte et nous nous laissons volontiers enlacer et envahir par ce sentiment, dès les premières notes.

C'est donc, tout naturellement, que lorsque nous voyons le panneau Laeken « ... à qui je dois mon nom... » - c'est dans la chanson - nous garons la voiture, non sans difficultés. Sur la gauche, un panneau : « Le penseur de Rodin » mais en arrivant, depuis la droite, nous avons aperçu la vie de Laeken, les restaurants, bars... et nous avons faim.

Qu'est-ce que le penseur peut bien faire à Laeken ? C'est étrange.

C'est le week-end de l'ascension.
Nous espérons que les restaurants seront ouverts.

La fatigue de nos esprits est venue se loger dans nos jambes. Nous marchons en direction de la droite. Un premier bar.

- Ah non ça n'a pas l'air bon.
- Et là ?
- Tu crois ? Ça fait sale.
- Allez, on va plus loin.
- J'espère qu'on va trouver.
- C'est quoi là-bas ?
- Un kébab.
- Ah non, pas envie d'un kébab.
- J'ai juste envie de me poser, une bonne bière, un bon plat chaud pour me réconforter.
- Allez, on continue.

- ...
- ...
- Ah non j'en peux plus.
- Allez, on retourne à la voiture.
- J'ai froid.
- Sale humidité !
- On retourne à la voiture !
- Et si on allait voir plus bas ?
- ....
- ....
- Allez, on voit et on repart si ça ne nous plaît pas.
-

Nous partons dans la direction du panneau : « Le penseur de Rodin ».

Après plusieurs centaines de mètres, la mine renfrognée, découragés, nous arrivons devant une église magnifique, qui se dresse sur une belle place, sans prétention, mais calme, et agréable ; sur la gauche : Brasserie royale.... Et un rayon de soleil en cadeau ! Quelle chance !

Nous pénétrons dans la brasserie.

Tout est d'époque. Rien n'a été modifié. Les portraits des souverains sont tous là, certains en plusieurs exemplaires. La reine Fabiola nous regarde, maman dirait « Elle est si élégante ! ». Les bois sur les murs sont lustrés, le bar a gardé son authenticité. C'est ici que se retrouvait la noblesse belge après la messe, dans cette église, juste là, où tant de cérémonies ont eu lieu. Cette brasserie est belle, très belle, si belle. Un moment de douceur dans cette journée. Seul l'écran géant qui diffuse des vieux clips non-stop et les pots de ketchup mayo ou moutarde, sur l'étagère, près des toilettes, font offense à ce lieu d'un autre temps.

Les photos des souverains parent les murs. Le roi nous regarde. Le roi. Le roi casqué. LE ROI CASQUÉ ! Celui du fameux timbre !

Et là, dans cette brasserie, le roi casqué ! Nous ne savions pas à quoi il pouvait correspondre, et pourtant nous l'avons reconnu.

C'est à croire qu'oncle Adamo a voulu nous faire un clin d'œil. Oui, nous avons bien fouillé, après le départ du vide maison, dans cette multitude de timbres, nous n'avons rien trouvé.

Là, au moins nous savons à quoi il ressemble.

ET RODIN...

Après avoir mangé une carbonade, pas très bonne, renvoyé un pichet de vin au goût de vinaigre, mais tout de même nous être régalés d'une bonne bière dans ce lieu magnifique, nous rejoignons un fugace rayon de soleil à l'extérieur.

Un panneau indique : « Le penseur de Rodin ». Et voilà comment nous nous retrouvons dans un des plus beaux cimetières qu'il me soit donné de voir.

Des pierres tombales, grandes, imposantes, souvent en pierre grise, bordent des allées de pelouse verte qui semblent marquer un parcours. Ici, la statue de bronze vert, d'une femme agenouillée, qui pleure. Là, une autre prie les mains jointes. Devant une autre tombe celle d'un soldat, en hommage à un jeune homme, mort au combat, à vingt-quatre ans. L'homme est en partie couché, ses épaules contre la stèle, la jambe droite allongée sur la pierre, le pied gauche par terre ; les détails des plis du manteau de son uniforme, de ses bottes, lacées, de la mort qui se dessine sur son visage, sont criants de vérité.

Parfois l'envie me prend de caresser les épaules de cette femme effondrée sur une tombe, ou de cette autre, agenouillée, qui pleure un enfant et ne parvient plus à se relever.

Nous poursuivons notre chemin sur ce ruban vert, quand tout à coup se dresse devant nous « Le Penseur » de Rodin.

Il est magnifique. Grandiose. Grand, plus grand que l'original, mais fait partie des vingt-deux versions officielles du Penseur. Un marchand d'art belge l'a, semble-t-il, ramené de Paris pour sa sépulture.

Je n'ai pas pu le voir à Paris, lorsque j'y suis allée le mois dernier, et voilà qu'il s'offre à moi, qu'il m'éblouit par sa présence, par sa beauté.

Nous sommes là, dans ce cimetière, où un rayon de soleil accompagne notre déambulation, où le vert, des sculptures et des allées, donne vie aux petites chapelles comme à autant de petites maisons, comme si quelques âmes avaient pris forme humaine pour mieux guider le visiteur. Et tout à coup, la mort est presque acceptable.

Notre oncle Adamo est là, près de nous, c'est certain. Il nous a fait ce cadeau, voir la beauté là où on ne l'attendait pas.

LE VIDE MAISON

Ma chère Simone a téléphoné ce matin. Ils ont vidé l'appartement de Damo. Elle en était malade.

Jeté le petit meuble télé, jetées les chaises sur lesquelles elle s'asseyait tous les lundis pour boire son café, jetée la table, comme neuve, recouverte de plusieurs nappes pour ne pas l'abîmer, sur laquelle Damo déposait les gâteaux, avec son grand sourire généreux, jeté le meuble de couture de Tante Ghislaine, si souvent sollicité pour entasser, ranger, exposer, des boutons de toutes les couleurs, des nacres bleus ou verts, des résines émeraudes, des bois colorés de vermillon, fuchsia et autres roses, des jaunes, boutons d'or, ou orangés, autres boutons et accessoires couture, gros grain… qui venaient orner les blouses tout spécialement travaillées, découpées, confectionnées pour cette aristocrate, pour cette voisine au grand cœur, pour cette belle-sœur, comme une sœur….

Des portes de ce petit meuble, s'élèvent quelques petites mites, comme autant de souvenirs d'un temps passé, d'une époque révolue, d'années à coudre, à choisir fils, soies, nylons, cotons..., doublures et tissus, galons et autres passementeries. Difficile d'imaginer que tous ces ciseaux, ne découperont plus délicatement le présent, que les doigts de Tante Ghislaine ne les dirigeront plus, ne laisseront pas leur place à d'autres doigts attentionnés. Difficile d'imaginer la déchirure qu'un groupe d'inconnus infligerait à ce témoignage du passé en cassant et en détruisant. Et ces mots froids et impersonnels entendus au milieu du tas de meubles blessés, meurtris...

« Il faut savoir se dématérialiser Madame ».
Se dématérialiser Madame, se dématérialiser, quelle étrange expression ! Ce sont les mots du pseudo-antiquaire. Simone en est malade.

Souillée l'attention portée par Damo à cet intérieur, souillés son intérieur, sa personne, sa vie ; emportée et mise en lambeaux la chambre à coucher, pareillement, celle pour recevoir des amis, achetée avec les économies de plusieurs années, tellement protégée et préservée. Comme neuve.

- Tout ça ira à des associations de femmes battues, Madame.

Coups de massue, le bois explose, jeté dans les escaliers, marquant au passage les murs et percutant le trottoir, comme autant d'autres coups à ces femmes battues.

Simone essuie ses larmes, Victor essaie de la consoler comme il peut, de se consoler aussi, il doit rester fort, pour Simone. Elle parvient à montrer, à exprimer sa tristesse, sa douleur. Lui, reste sans mot, face à cette violence. Alors il la prend délicatement dans ses bras, cache de son grand corps le visage fragile de Simone, son expression d'enfant apeurée, tellement inconsolable, et lui susurre à l'oreille :

- Viens, mon cœur, tu ne sais pas voir ça ».

Alors, son corps entier l'enveloppe, semble la porter à l'intérieur, ferme volets et fenêtres, la conduit jusqu'à l'endroit d'où elle ne verra plus, d'où, pourtant, elle pourra encore deviner les images et entendre les bruits d'une vie qu'on détruit.

LA FEMME DU DIPLOMATE

La femme du diplomate a préféré ne pas voir, ne pas savoir. Sa maison est au bout de la rue. Elle est un peu austère, avec ses briques rouges et les grilles qui barrent les fenêtres au rez-de-chaussée et au premier étage.

Des petites tours faussement gothiques ornent la façade. Cette maison lui ressemble si peu ! Ce petit bout de femme est discrète. Précieuse, en apparence, comme sa maison, mais si simple à l'intérieur.

Pendant des années, elle a vu passer Damo devant chez elle. Derrière les grilles de sa fenêtre, elle l'observe. Quelque chose l'attire chez lui. Non, non, ne vous méprenez pas ! Il ne s'agit pas d'attirance physique ou amoureuse, non seulement une tendresse. Pour elle, cet être si simple est devenu une énigme. Comment une personne peut-elle être toujours souriante, identique, le matin, le soir, l'été, l'automne, quelle que soit la saison, l'heure, le temps, qu'il pleuve, qu'il vente. Car il s'agit bien de ça, une énigme.

La femme du diplomate fait « figure de ». Elle accompagne, épaule son époux, reçoit, organise, et toutes ses activités, pas même considérées comme un travail, lui demandent une attention constante. Au fil des années, elles ont marqué son visage. Toute cette vie, enviée par tant de femmes, d'hommes aussi, lui a demandé des efforts qui se lisent sur sa peau, plus si jeune. Certes, le diplomate, c'est son époux. Mais elle, n'a-t-elle pas dû user de tact, de courtoisie, pour ne pas froisser ces épouses parfois cruelles, jalouses, envieuses, tristes, blessées, soumises, aigries, de certains chefs d'état, ces femmes qui parfois peuvent influer sur le destin des uns ou des autres, dans ce monde où la désillusion, inéluctablement, tôt ou tard, frappe à la porte ?

Damo, lui, paraît si simple, si égal à lui-même. Si vrai. Oui c'est ça. La femme du diplomate le regarde et le trouve vrai. Son énigme, c'est sa vérité, sa constance dans la vérité. Il y a quelques années, il se promenait avec son épouse. Maintenant il se promène seul, un brin de tristesse se lit sur son visage. Mais avec sa bien-aimée, ils s'étaient promis qu'ils continueraient à vivre, quoi qu'il arrive, que l'un ou l'autre disparaisse. Alors, il continue.

La femme du diplomate l'observe. Oui, elle a décidé, elle veut lui parler.

Depuis quelques années, elle partage son temps entre sa maison de campagne et la maison de la rue Van Swae. Enfin, elle a été plus souvent à la campagne que rue Van Swae. Il faut dire que son époux, toujours en pleine santé quand il travaillait, est brusquement tombé malade au terme de sa dernière mission. Alors, pour la femme du diplomate, une autre vie a commencé, médecins, hôpitaux et campagne ont remplacé petits fours, réceptions, champagne et missions à l'étranger.

La femme du diplomate a toujours aimé partir à la campagne, mais avant, c'était différent. Son mari partait faire de longues promenades, passait du temps avec ses amis, dans d'interminables parties de poker. Elle en profitait pour, une fois son rôle de maîtresse de maison terminé, prendre du temps pour elle, juste pour elle, lire, ne rien faire. Comme il est agréable de ne rien faire quand on a passé une vie à être indispensable, et pourtant si transparente. Goûter l'odeur de la pluie sur les champs, de l'iode transporté par la bise, emmitouflée dans un vieux pull qu'elle s'autorise à mettre uniquement lorsqu'elle sait que personne ne viendra par sa présence déranger ses pensées.

Elle n'est plus la femme du diplomate, elle redevient Emma, celle qui fût, celle qui restera.

Et puis, la maladie. Parenthèse douloureuse. Son mari ne la reconnaît plus. Il bafouille, la vouvoie. Sa part d'enfance a pris le dessus, ne laissant plus de place à l'homme fort, et sûr de lui, dont pourtant, tous se souviendront. Elle tente de le ramener auprès d'elle, mais l'a-t-il jamais été ? Alors elle évoque des souvenirs, lui parle d'un tel ou d'un autre.

- Tiens, ce matin Georges a téléphoné, il te passe le bonjour.

Son époux sourit, d'un sourire qui illumine tout son visage.

- Oh, comme ça me fait plaisir !

De ses mains il se met à enrouler sur ses doigts les franges de la couverture posée sur ses genoux.

- Mais, tu te souviens de Georges ?

Une ombre passe devant ses yeux, sa lèvre inférieure frémit imperceptiblement.

Non, il ne se souvient pas, le temps a eu raison de la mémoire du diplomate.

Un matin, des infirmiers sont venus le chercher.

-Il sera bien là-bas, ne vous inquiétez pas, on veillera sur lui.

Le diplomate a souri, a remercié les hommes en blanc, il a regardé son épouse :

-Au revoir Madame, lui a-t-il dit en la saluant d'un petit signe de la main.

Elle a pleuré, pensé à Damo, à sa sérénité, et est repartie rue Van Swae. Elle est allée l'aborder. Un prétexte.

- Je voudrais apprendre l'italien.

La générosité de Damo a dit « oui ».

Maintenant, ils correspondent, s'écrivent en italien, tour à tour déposent leur courrier dans leur boîte aux lettres, là, à trois cent mètres à peine l'une de l'autre, et lorsqu'ils se croisent, ils se vouvoient, très poliment.

Une belle amitié, prude, respectueuse, tendre, est née.

Alors, lorsqu'elle a su que l'appartement de Damo allait être vidé, elle a préféré ne pas voir, a pris son vieux pull, et est partie à la campagne.

PETIT BOY

Petit Boy, c'est un jeune adulte. Un jeune adulte handicapé. A l'église, il a beaucoup pleuré pour Damo, oui, pour lui-même aussi. Oui, un peu par égoïsme. Un peu comme tout le monde d'ailleurs. Chacun pleure sa propre tristesse.

C'est triste de savoir que Damo ne s'arrêtera plus pour lui dire bonjour, ils ne sont pas si nombreux à s'arrêter.

C'est triste de savoir que Damo ne le fera plus rire, ils ne sont pas si nombreux à le faire rire, et Damo a toujours un petit mot drôle et gentil. Et puis, Damo va le voir tous les mercredis, là-bas, dans le bar d'insertion dans lequel il travaille. Oui, oui, Damo, lui, prend la peine de prendre un bus, de sortir de Jette pour venir le voir, s'asseoir et boire une bière. Il n'y en a pas beaucoup qui font comme Damo, pas même ses amis proches, pas même tous les membres de sa famille, qui pourtant, l'aiment beaucoup.

C'est triste de savoir que Damo ne viendra plus. Son Damo, c'est un sourire, une présence, une attention constante. Damo, c'est le seul qui l'appelle Petit Boy. Ça doit sans doute remonter à son enfance. Petit Boy ne lui a jamais posé la question, mais Petit Boy adore ce surnom. Il faut dire qu'il est toujours prononcé avec tellement d'affection !

Ce matin, la mère de Petit Boy a dit qu'ils allaient vider l'appartement de Damo. Petit Boy n'a pas voulu voir, il a préféré rester à la maison et regarder les programmes télé. Il zappe. Rien d'intéressant sur les chaînes aujourd'hui.

Sa mère essaie de le faire sortir de sa torpeur, à plusieurs reprises. :

- Mais pourquoi tu regardes les chaînes arabes ? Tu ne comprends pas...

Oui, petit Boy n'a pas vu qu'il était devant une chaîne arabe. « Le meilleur pâtissier » en arabe.

Tiens comme c'est étrange, il y a des mots qu'il comprend « congelator », « ch'colablo », alors il laisse aller ses pensées. Le vocabulaire des pâtissiers est français partout dans le monde..., jusque dans les pays arabes... C'est son esprit peut-être qui lui joue des tours, il n'a pas bien compris, ou alors c'est encore une blague de Damo ? Petit Boy sourit. Une petite larme glisse sur sa joue.

Dehors, on entend le moteur du lift qui évacue les meubles les plus lourds, le vacarme des videurs de maison, leurs cris, leurs rires, le bruit des bris d'objets, de bois. On devine les bavardages des voisins.

Bella jappe, elle non plus n'a pas envie de laisser partir Damo.

Petit Boy va dans sa chambre et enfouit sa tête sous son oreiller.

ET NOUS QUI PENSIONS...

L'idée nous avait effleuré l'esprit de venir en Mai, ce joli mois de Mai, pour fêter comme il se doit, ses quatre-vingt-dix ans avec Damo. Oui, un premier projet avait vu le jour pour Noël, peut-être trouver un gîte à Knocke, mais n'avait pu aboutir, surcharge de travail pour les uns et surtout pandémie pour tous. L'obligation vaccinale, celle-là même qui occupa bon nombre de conversations dans les foyers, fit partie des arguments. L'interdiction de se réunir à plus d'un certain nombre de personnes, s'imposait aussi à nous.

Moi qui connaissais à peine l'existence du pangolin jusque-là, je me retrouvais victime de son état de santé et des décisions prises par les chefs d'état de la planète.

Un effet, jusqu'ici inconnu, l'effet pangolin.

Et nous voilà ce matin, devant la tombe de notre Oncle. Nous sommes venus vérifier que l'inscription des dates sur la pierre tombale avait bien été gravée. Nous sommes venus lui dire que l'appartement rue Van Swae serait vidé pendant le week-end.

Nous ne lui avons pas demandé pourquoi autant de paires de chaussettes, nous ne lui avons pas dit combien on se sentait de mieux en mieux dans son appartement, malgré la tristesse, la charge des responsabilités et de travail, nous ne lui avons pas dit non plus qu'on aurait tellement aimé le garder cet appartement, en faire un second chez-nous familial, nous lui avons donné des nouvelles de Simone, de Victor, de Bella, nous lui avons parlé de la notaire qui s'occupait de la succession, attristée elle aussi, de le savoir parti, nous ne l'avons pas houspillé de ne pas avoir fait de testament, combien il était difficile pour nous de voir que certains proches n'avaient rien, alors que d'autres allaient récolter les fruits de son travail, nous ne lui avons pas dit combien, de tout cet argent économisé, jour après jour, irait à l'état, qu'on pourrait mettre une plaque sur sa tombe « la Belgique reconnaissante » , nous lui avons dit à quel point il manquait à la rue Van Swae, nous lui avons dit que nous ne saurions plus qui appeler maintenant pour avoir un peu d'amour et de tendresse, combien nous aurions aimé le pleurer en toute tranquillité, sérénité, combien il nous faisait penser à notre père, combien ils allaient nous manquer. Nous l'avons remercié de nous avoir permis de mieux le connaître, de découvrir son univers, de l'aimer davantage, de nous avoir rempli la tête de souvenirs que nous ramènerons chez nous, en nous, qui ne nous quitterons plus jamais

Nous lui avons souhaité un heureux anniversaire, aujourd'hui, nonante ans, sommes retournés à la voiture, et avons repris le chemin de nos vies.

L'INONDATION

Voilà. Ça n'est jamais arrivé, il fallait que ça arrive maintenant ! L'appartement de Damo est inondé.

D'accord, il y a eu des intempéries, mais il y a quelques mois, il y a eu une tempête ! Et puis il pleut toujours en Belgique ! Alors pourquoi aujourd'hui ? Damo allait régulièrement sur le toit pour en vérifier l'état, jusqu'à la veille de ses nonante ans, comme ils disent. Oui, la dernière fois, c'était il y a moins d'un an. Il vérifie et replace les tuiles, si c'est nécessaire repeint le rebord du toit en blanc.
Simone, n'est pas tranquille. De sa fenêtre, elle le regarde et tremble.

- Damo, fais attention ! Descends !

Damo, allongé sur les tuiles, la tête dépassant du toit, le rouleau de peinture blanche à la main, sourit :

- Ne t'inquiète pas !

Et Simone voit le corps de Damo, couché, épousant la forme du toit, s'agiter de soubresauts, tant il rit de voir l'inquiétude sur le visage de Simone. Bella, la chienne de Simone, elle aussi à la fenêtre, solidaire de sa maîtresse, aboie.

- Tais-toi Bella, il va avoir peur !

Bref, revenons à l'inondation. Allez savoir pourquoi, juste à la veille d'une visite déterminante pour une vente... Nous préférons ne pas y voir un signe.

Véronique appelle. L'appartement de Damo est inondé ! Et celui de la maman de Véronique aussi ! Véronique, c'est la fille unique de la voisine du dessous. Sa maman est morte à une semaine d'intervalle de Damo.

On est solidaires ! Quand on va rue Van Swae, pour trier, rechercher un testament, jeter, vider, faire faire des devis pour des vide maisons, râler parce qu'il pleut et qu'il fait froid, vider encore sans même avoir le temps de pleurer Damo, Véronique vient nous voir. Elle aussi habite un peu loin, mais moins loin, à une centaine de kilomètres, un luxe...

Dire qu'une amitié est née, serait un peu exagéré, mais un fil fort et somme toute assez naturel nous relie. Oui, avec Véronique, on vit les mêmes choses. On trie, on vide, on fait faire des visites, on cherche un acheteur. Nous, tout comme elle, on passe par Simone. Pour se poser et boire un café, pour se plaindre de la montagne de travail qui nous attend, pour parler un peu de ceux qui nous ont quittés. Dans ses mots, des moments de vie de notre Oncle Adamo, des sourires, des anecdotes, et cette affection qui nous ramène à la douce réalité de son existence. Véronique n'embellit pas. Elle le raconte tel qu'elle l'a connu, avec son insistante générosité, son calme, sa constance et sa bonne humeur ponctuée d'humour.

Bon, mais là, l'appartement est inondé.

Véronique téléphone. Elle est au bout du rouleau. Il faut dire qu'elle est seule pour gérer la situation, et qu'en plus, comme c'est une copropriété avec un assureur commun, elle va être obligée de gérer pour nous. Oui, dans cet immeuble, c'est un peu particulier. Tout est commun, l'assurance, le compteur d'eau, le compteur d'électricité, un peu comme si c'était la maison d'une seule et même famille.

La pauvre ! Il y aurait presque de quoi aller se jeter dans la Haine. Car, oui, il y a une rivière, un petit fleuve qui s'appelle comme ça en Belgique. Il a même un affluent qui s'appelle la Trouille. Voilà tout est dit. La

Trouille se jette dans la Haine. C'est un peu ce qu'on ressent au moment où Véronique appelle. Elle appelle aussi Simone et Victor. Parce que Victor il fait fort, et Simone, c'est comme une maman contre laquelle on aimerait aller se blottir quand on a du chagrin, parce qu'elle est confortable et qu'elle sent bon.

Mais là, Simone ne peut rien faire. Elle secoue la tête :

- Oh mon Dieu !

Elle n'a presque plus de mots. Elle est à peine remise d'avoir vu les videurs de maison jeter, casser, détruire les témoignages, les traces de vie de Damo et donc d'une partie de sa vie à elle...

Le voisin du rez-de-chaussée est monté aussi. Bon, c'est un peu exceptionnel, car ce monsieur ne fait jamais rien. En tous cas, il est souvent sur sa terrasse, sur sa tablette, clop au bec. Pendant nos séjours on l'a croisé souvent dans l'escalier. Jamais on n'a entendu le son de sa voix, même lorsque mon beau-frère est allé frapper à sa porte pour lui demander un renseignement. Oui oui, il a répondu, mais seulement en hochant la tête. Donc, pour une fois, il est monté, et, avec ses dents tâchées par la nicotine, il a dit :

- Ah, je ne saurais rien faire moi...

C'est comme ça qu'on dit en Belgique, on préfère savoir avant de pouvoir. Il a haussé les épaules, et il s'en est redescendu. Alors sa femme, plutôt gracile et jeune, et surtout bien plus sympathique, a pensé au futur acquéreur de l'appartement de Véronique, un ami à eux !

Et lui, il a su. Il est monté sur le toit et a débouché l'évacuation et la fuite a finalement disparu.

Voilà, avec Véronique on est liées. Par le décès d'un proche, par le mois de décembre de l'année deux mille vingt et un, par notre décennie de naissance, par la surface identique des deux appartements, par la nécessité de vider les appartements, par la vente des appartements, par le compteur d'eau commun, par la même assurance, par la fuite d'eau, par la rue Van Swae.

LA VENTE

L'appartement est finalement vidé. Nous pensions que ce serait une chose simple. Pourtant...

Nos conversations ont un goût amer. A une certaine satisfaction se mêle un sentiment la culpabilité. Oui nous l'avons accompagné jusqu'au bout, et cependant nous avons l'impression que nous aurions pu faire bien plus, bien mieux, que nous avons été flouées... oui, mais nous avons quand même fait avec amour et respect.

Et s'il restait des choses de valeurs, et si nous avions pris le premier vide-maison, il était tout aussi sympathique, en tout cas, il avait l'air honnête... au fait, pourquoi ne l'avons-nous pas fait ? Pourquoi ont-ils tous dit qu'il n'y avait que des brols dans cet appartement ?

Certainement pour nous faire payer, et ne rien nous donner... d'ailleurs il y avait sans doute des petits trésors, mais comment savoir ? Il y avait tellement de choses !

Et les trois vases en cristal sur la cheminée ? Voilà, on a voulu être honnête, on aurait pu les vendre, les négocier les garder ou même les donner. Oui les donner. Simone aurait été ravie, elle les adorait. Elle nous l'a dit une fois que nous étions rentrées, une fois que tout était parti à la benne. Peut-être n'avons-nous simplement pas osé disposer librement des objets de notre oncle ? Par pudeur, par peur de manquer de respect, juste parce que tous ces objets ne nous appartiennent pas, que pour nous ils sont encore à Oncle Adamo et que nous n'avons pas le droit de le déposséder ?

Et tous les fils, les bobines, grandes petites en double, triple ou plus... rouge, carmin, vermillon, rose pâle, rose cendré, fuchsia, bleu ciel, indigo, outremer, les verts, jaunes marrons, toutes ces couleurs de l'arc en ciel, que dis-je, même dans l'arc en ciel il n'y en a pas autant...
Un mois plus tard, je me retrouve là, au supermarché à essayer de trouver la teinte qui se rapproche le plus de ce pull que je dois réparer. Je souffle, pense à la rue Van Swae, secoue la tête et pars. Je ferai ça avec du noir.

La cave aussi a été vidée. Des quantités et des quantités de choses... ils ont dû y passer du temps.

Aujourd'hui, il nous a fallu replonger dans les photos qui nous ont été envoyées par le vide-maison.

Oui, le futur acquéreur a signalé que la cave était encore encombrée. Fébrilement, repartir quelques mois en arrière, retourner dans l'atmosphère de la rue Van Swae, s'égarer sur ce beau damier noir et blanc art-déco, qui mène aux escaliers de la cave…

Des souvenirs remontent. On se convainc qu'on a fait ce qu'il fallait, on se raccroche aux détails. Pourtant une page va se tourner définitivement. De la rue Van Swae, il ne nous restera bientôt plus aucune attache. Oui, bientôt, Oncle Adamo, nous aura quitté définitivement.

Nous sommes passées par toutes les émotions, et tout le monde en a pris pour son grade, nous avons ri, pleuré, pesté, juré. Nous connaissions notre Oncle, nous avons découvert l'homme au chapeau. Nous étions attachées à notre Oncle Adamo, mais Damo nous a ouvert sa porte, nous a fait pénétrer chez lui, dans son intimité, percer ses secrets, nous immiscer sur la pointe des pieds dans les moindres interstices de sa vie. Avec peur, pudeur, de plus en plus en confiance, jusqu'à nous sentir presque chez nous. Mais ce qui est sûr c'est que nous étions perdues, main dans la main, mais perdues.

Il faut vendre. Comment on fait pour vendre en Belgique ? Simone a sollicité, interpelé tellement de personnes. Une charge qu'elle s'est donnée, dont il nous faut la libérer.

Oh des offres, il y en a eu. Trop basses. De l'intérieur, bradé, saccagé, de l'appartement, il nous est resté un sentiment d'injustice, d'irrespect pour Oncle Adamo et Tante Ghislaine.

Alors, l'appartement, non, hors de question qu'on le brade.

Nous demandons conseil à la notaire. En retour, sur son mail, figurent des noms d'agences immobilières. Nous aurions aimé tout déléguer, vente, visites... à la notaire, mais ce n'est pas son travail. Il nous faut nous retrousser à nouveau les manches et faire travailler nos méninges. Et nous sommes si loin... et totalement découragées.

Le premier agent immobilier que nous contactons, est fort agréable. Il connaît bien Jette, la rue Van Swae. Je lui fais l'article, parle vite et fort, je ne sais pas moi-même pourquoi. Je lui vante les mérites de l'appartement, du quartier, le calme, le côté un peu résidentiel, les espaces verts, la proximité du centre-ville, un coup de tram, « Merci, me dit-il, je sais bien tout ça, normalement, c'est à moi de le dire, c'est mon travail de dire ça... ». Il rit, je ris aussi, quelle belle aide, l'humour. Nous commençons à plaisanter, j'en oublie presque l'angoisse qui me tiraille, là, dans le ventre. La gentillesse et la disponibilité de cet homme, qui m'a laissé terminer ma tirade sans m'interrompre, me réchauffent le cœur. Sans doute a-t-il senti mon appréhension à travers mes mots, le son de ma voix...

L'appartement est mis en vente. Trois jours plus tard, il y a un acquéreur. Nous l'avons fermé le jour de l'anniversaire d'Oncle Adamo, il est vendu le jour de l'anniversaire de Tante Ghislaine. Ils ont l'un et l'autre fermé une page de leur vie. Chacun à leur tour, mais ensemble, comme ils ont vécu.

Enfin, vendu, vendu... Signature du compromis... La vente devrait se faire deux mois plus tard, mais les procurations des uns et des autres arriveront-elles à temps ?
Et nous...

On se sent démunies, inutiles, un peu orphelines.

EPILOGUE

UN JOUR J'IRAI A KNOCKE

Un jour j'irai à Knocke
Ecouter les vagues chanter
Sentir la moiteur de l'air
Sur ma peau s'épancher

Un jour j'irai à Knocke
Goûter le grain du sable
La volupté du ciel gris
Et la fraîcheur du vent dans mes pensées

Un jour j'irai à Knocke
Surprendre un rayon de soleil
Entre pluie et vagues
Essayer de se faufiler

Un jour j'irai à Knocke
Respirer les essences d'iode
Loin des vapeurs de gin
Qui enivrent les nuits

Un jour j'irai à Knocke
Me poser sur banc
Et converser avec toi
Des choses qui n'arriveront pas
Un jour j'irai à Knocke
Ressentir le présent
Repenser l'imparfait

Et regretter ce futur
Que je ne me résigne à oublier
Comme un hommage à un « non arrivé »
Comme un... dommage...
J'aurai trop aimé

Un jour j'irai à Knocke
Observer le vol des cormorans
Qui emportent les rêves d'enfant
Un jour j'irais à Knocke
Un jour, peut-être...

Cher Oncle Adamo, ces deniers voyages vers vous, avec vous, nous ont fait mieux vous connaître, mieux vous apprécier, davantage vous aimer. La douceur et la tendresse ont pris le pas sur l'angoisse et la tristesse des premiers jours. Merci pour cette belle rencontre.

Vous nous avez permis de connaître les personnes qui partageaient votre vie, comme Simone, Victor et d'autres, qui nous ont été si précieuses, vous nous avez donné les clés de votre maison, de votre intimité. Au gré des objets, nous avons mieux su qui vous étiez. Certains personnages de ce récit ont été inventés, appartiennent à d'autres vies ou à mon imaginaire, mais ils auraient pu exister et habiter Rue Van Swae.

De la même auteure

Pour les tout petits :
    Une balade pour Bébé Bony

A partir de 3 ans :
    Achille le crocodile fainéant
    Alba la chouette effraie
    Les pieds d'Adrien, Josy la baleine, Doudou Koala
    Dans la forêt j'ai trouvé...
    Les grolles prennent leur envol
    André le cochon grognon
    Même les fées peuvent se tromper

A partir de 8 ans :
    -Tome 1 : Ils étaient cinq enfants...
        De Gibraltar jusqu'en Mandchourie
    -Tome 2 : Ils étaient cinq enfants...
        De la Mandchourie jusqu'à Jaipur
    -Tome 3 : Ils étaient cinq enfants...
        De Jaipur en route pour Zanzibar
    -Tome 4 : Ils étaient cinq enfants...
        De Zanzibar jusqu'aux portes du Nil
    -Tome 5 : Ils étaient cinq enfants...
        Des portes du Nil jusqu'à...

Pour adultes
    Solène
    Quelques nouvelles de là-bas
    Plurielle